Hannelore Deinert

Das Brot der schwarzen Erde

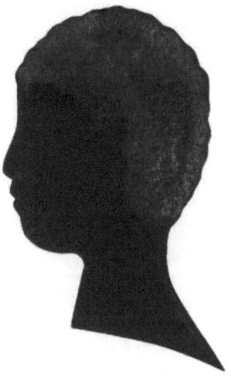

Bibliografische Information der Deutschen Nationalbibliothek: Die Deutsche Nationalbibliothek verzeichnet diese Publikation in der Deutschen Nationalbibliografie; detaillierte bibliografische Daten sind im Internet über dnb.dnb.de abrufbar.

© 2021 Hannelore Deinert
Herstellung und Verlag:
BoD: Books on Demand, Norderstedt.
Cover-Idee: Hannelore Deinert
Cover-Herstellung: Horst Deinert

ISBN 978 3 7557 6129 7

Inhaltsverzeichnis

Vorneweg:

Jörg behauptet gern, dass seine Frau Betty ein Angsthase sei. Das mag ja stimmen, aber, um bei der Wahrheit zu bleiben, in gewissen Situationen kann sie auch über sich hinauswachsen. Was allerdings nicht sehr oft passiert.

Ein kleines Beispiel dafür war die Sache mit der Ratte. Dazu muss man wissen, Betti fürchtet Ratten mehr, als sie sich vor fetten Nacktschnecken graust, also grenzenlos. Jedenfalls schloss Jörg, als er eine große Ratte in seine Garage flitzen sah, flink das Garagentor. Die Ratte war gefangen, aber was nun? Man konnte sie nicht einfach in der geschlossenen Garage verhungern lassen, das wäre unmenschlich gewesen. Außerdem brauchte man die Gartengeräte, die sich in der Garage befanden.

Sie erschlagen ging auch nicht, das widersprach Jörgs Naturell, außerdem wäre das nicht so einfach gewesen, denn für eine Ratte gab es unendlich viele Möglichkeiten sich zwischen und hinter all den Geräten zu verstecken. Aber, fiel ihnen ein, es gibt zum Glück ja auch Lebendfallen.

In einem örtlichen Metallwarengeschäft bekam Jörg eine. Er stellte sie umgehend, bestückt mit einem schönen Stück Käse, mitten in der Garage auf.

Ein Tag verging und es passierte nichts, die Ratte interessierte sich kein bisschen für den Käse, obwohl der bereits anfing stark zu riechen. Aber da war sie noch, was man an den herumliegenden Knötchen sehen konnte. Jörg ersetzte das Käsestück durch einen Speckstreifen, in der Hoffnung, der würde der Ratte besser schmecken.

Und tatsächlich, am nächsten Tag, es bereits der vierte, saß sie endlich in der Falle.

Schön und gut, aber was nun, wohin mit ihr? Betty und Jörg waren sich einig, die Ratte musste weggebracht werden, möglichst weit weg. Irgendwohin ins Feld.

Jörg stellte die Falle mit der Ratte ganz ohne Handschuhe und sichtbaren Ekel auf der Gartenmauer ab und holte seine Satteltasche, mit der er die Ratte transportieren wollte. Betty zwang sich derweil, die Ratte anzusehen, sie sah ihre dünnen Vorderfüßchen, die sich am Gitter festhielten, sah den aufgerichteten, feinbehaarten, geschmeidigen Körper, die zitternden Barthaare, die dunklen Knopfaugen, die sie ängstlich anschauten, sah die rosigen, kleinen Ohren und im Nu wurde aus ihrer Angst und dem Ekel Mitgefühl für ein hilfloses, gefangenes Wesen. Betty erkannte mit einem Mal, dass dieses überaus verrufene, gefürchtete und verhasste Tier so wie jedes andere Tier auch war, wie eine Maus zum Beispiel -vor huschenden Mäusen graute es Betty übrigens auch- oder wie ein Marder oder ein Eichkätzchen.

Jörg kam mit der Satteltasche zurück, hängte sie über den Gepäckträger, versenkte die Ratte mitsamt der Falle darin und ab ging es Richtung Gersprenz, zum Naturschutzgebiet.

Die Gersprenz verzweigt außerhalb des Orts mehrmals, wodurch kleine Inseln entstehen, die weitgehend der Natur überlassen sind. Dorthin wollten sie die Ratte bringen, dort war der rechte Ort für sie.

Auf einem Feldweg folgten sie dem Bachlauf, soweit das Auge reichte Äcker und Wiesen, auf denen Pferde, Kühe und Schafe weideten. Der Bachlauf war von hohen, mächtigen Eichen und dichten Sträuchern gesäumt, hier war es gut, hier würde sich eine Ratte gut fühlen. Eile tat Not, sie musste sich in ihrem dunklen, wackligen Verlies schrecklich ängstigen.

Jörg holte die Falle mit der Ratte aus seiner Satteltasche und ging damit zum dicht mit Brennnesseln und Wildpflanzen bewachsenen Hang, aber bevor er das Gittertürchen öffnen konnte, bemerkte Betty einen kreisenden Habicht über ihnen. „Siehst du den Greifvogel dort oben?", meinte sie besorgt. „Hier scheint sein Jagdrevier zu sein. Lass uns lieber ein Stückchen weiterfahren."

Also gut, ein Stückchen weiter, schließlich gab es hier überall auf der Uferböschung wildes Pflanzengewirr, in dem sich eine Ratte verstecken und Rattenfreunde finden konnte, hier konnte sie auch baden und schwimmen, hier war der ideale Ort, irgendwo musste sie ja hin. Als Jörg endlich das Gittertürchen öffnete, sahen sie zu, wie die Ratte flink im Pflanzengewirr verschwand.

„Viel Glück, Ratte", wünschte ihr Betty. „Viel Glück in deiner neuen Heimat."

Wahrscheinlich waren Bettys und Jörgs Fürsorge völlig für die Katz, die Ratte wird wahrscheinlich über kurz oder lang Opfer ihrer fremden Umgebung geworden sein. Aber der

Versuch zu helfen zählt ja auch und bedarf keines Erfolges oder einer Rückmeldung.

Dieses kleine Vorkommnis jedoch verrät ein wenig über Bettys und Jörgs Gesinnung, die zur folgenden Geschichte erheblich beigetragen hat. Nur geht es da um ganz andere Dimensionen, da geht es um Menschen.

Erster Teil

Warum hast Du uns verlassen?

Die Wohnungsbesichtigung

Als eines Tages im Frühjahr ein schwarzer, junger Mann an der Haustür der Eheleute Anton klingelte und fragte, ob die angebotene Wohnung noch zu haben sei, da musste sich Betty, die die Haustür geöffnet hatte, erst einmal fangen. Mit allem hatte sie gerechnet, nur nicht mit einem Schwarzen. Schon wollte sie sagen: „Sorry, die Wohnung ist bereits vergeben", aber diese billige, fadenscheinige Ausrede wollte ihr einfach nicht über die Lippen kommen. Sie ließ den jungen Mann eintreten und ging ihm mit mulmigem Bauchgefühl voran, hinauf zur angebotenen Dachwohnung.

Die Wohnung war in keinem guten Zustand. Zwar hatten die Vormieter, um sich das Renovieren zu ersparen, eine Küchenzeile mit guten Geräten, einem Herd mit einer Anzugshaube, eine Spülmaschine, einen Kühlschrank mit Gefrierfach und im Bad eine gute Waschmaschine und einen Wäschetrockner zurückgelassen, aber leider waren sie starke Raucher gewesen. Trotz langem Lüften stank es immer noch nach kaltem Rauch und die Wände, die Decken und die Kunststoff-Fensterrahmen waren fleckig gelb. Die Fenster ließen sich vor Dreck kaum öffnen und der Korkboden war von den Krallen ihres großen Hundes, der oft allein war,

11

übel zerkratzt. Zwar schämten sich die Antons die Wohnung in diesem desolaten Zustand anzubieten, aber die Erfahrung hatte ihnen gezeigt, dass Mieter im Allgemeinen die Gestaltung ihrer vier Wände gern selbst, nach eigenem Geschmack vornehmen.

Betty begleitete Herrn Dominque, so hatte sich der junge Schwarze vorgestellt, durch die vier Räume und zeigte ihm die Küche mit der Küchenzeile und das Bad mit der Waschmaschine und dem Wäschetrockner, ab der Mitte hatten die Außenwände eine Schräge. Im größten Raum, dem Wohnraum, befand sich an der Südseite ein großes Fenster, eine Glastür führte auf einen schmalen Balkon hinaus, von dem aus in einem Vorgarten ein kleiner Weiher zu sehen war, hinter einem Holzzaun und einer Straße befanden sich inmitten von Gärten Einfamilienhäuser. Schon einige Leute waren dagewesen, hatten sich aber nach der Besichtigung nicht mehr gemeldet. Man konnte sich denken weshalb.

Herr Dominque aber zeigte sich wenig beeindruckt von dem desolaten Zustand der Wohnung, im Gegenteil. Als Betty mit ihm auf dem kleinen Balkon stand, erkundigte er sich nach Kindergärten, Schulen, Spielplätzen, Sport- und Musikvereinen im Ort, das sei ihm wegen seiner Kinder wichtig, meinte er. Betty war beeindruckt von so viel vorausschauenden und fürsorglichen Weitblick, den er an den Tag legte. Als er nach den hiesigen Einkaufsmöglichkeiten fragte und Betty ihm sagte, dass man im Hofladen des Bauernhofs, der praktisch in Sichtnähe liege, erntefrisches Obst und Gemüse kaufen könne, schien ihm das sehr zu gefallen.

12

„Darf ich fragen, Herr Dominque, wie viele Kinder sie haben und wie alt sie sind?", wollte Betty wissen, als sie wieder in der Wohnung waren. „Nun, ich habe drei Mädchen", meinte Herr Dominque verlegen lächelnd und schaute Betty, wie ihr schien, besorgt an. Betty versuchte ihren leichten Schrecken zu überspielen und meinte: „Wenn ein wenig Leben ins Haus kommt, schadet das nicht, die Wohnung ist groß genug, nicht wahr. Einen großen Park mit einem Spielplatz zum Austoben gibt es ja auch in der Nähe. Wie alt sind Ihre Töchter denn, Herr Dominque?"

„Nun, meine Älteste wird im September sechs Jahre alt, sie heißt Anna. Die Zwillinge werden im Juli zwei Jahre." Herr Dominque schaute Betty prüfend an und fuhr dann rasch fort: „Derzeit wohnen wir in Bremen, aber sobald die Kündigungszeit meines jetzigen Arbeitsvertrages beendet sein wird, in drei Monaten etwa, werde ich in Isenberg eine Stelle als technischer Qualitätsprüfer antreten, da hätte ich meine Familie gern mitgenommen. Meine Frau hat übrigens Medizintechnik studiert und wenn die Kinder einmal soweit sein werden, wird sie hier, im Frankfurter Raum, bestimmt eine passende Arbeit finden. Es würde mich aufrichtig freuen, Frau Anton, wenn ich die Zusage für die Wohnung bekäme."

Betty fand den jungen Mann durchaus sympathisch, er machte einen intelligenten Eindruck und hatte eine gute, deutsche Aussprache, man vergaß schnell, dass er ein Schwarzer war. Er sei kein Flüchtling, betonte Herr Dominque, vor zehn Jahren sei er nach Deutschland gekommen, um zu studieren.

Betty geleitete ihn nach unten, um ihn zu verabschieden. An der Haustür beteuerte er noch einmal, wie glücklich er wäre, wenn er den Zuschlag für die Wohnung bekäme. Betty versprach, sobald eine Entscheidung gefallen sein wird, sich auf jeden Fall bei ihm zu melden. Dann schaute sie ihm nach, wie er jugendlich leichtfüßig die Haustreppe hinab lief, wahrscheinlich, vermutete sie, voll froher Hoffnung auf eine Zusage. Er stieg in einen dunklen Personenwagen und fuhr weg.

Zweifel.

Eine dunkelhäutige Familie? Wie würden die Leute in der Straße das aufnehmen?

Die meisten waren alteingesessen und sehr konservativ. Menschen die aus Afghanistan, Syrien oder Afrika vor Krieg und Elend geflüchtet sind und in Europa das gelobte Land sahen, machten ihnen Angst. Sie wirkten in ihren exotischen Gewändern, ihrem Aussehen, ihrer Sprache und mit ihrer Musik befremdlich. Man begegnete immer mehr von ihnen auf den Straßen und den Märkten. Viele Eltern sahen es mit Sorge, wenn immer mehr dunkelhäutige und fremdwirkende Kinder in die Klassen ihrer Kinder und in die Kindergärten kamen, sie befürchteten, das könnte das Lernen ihrer Kinder beeinträchtigen. Manche beobachteten mit Misstrauen und Unmut die Bemühungen der Gemeinde, für die Migranten Unterkünfte zu bauen, im Nachbarort wurde eine leer stehende Kaserne für sie um- und ausgebaut. Natürlich hoffte man, dass, wenn ihre Heimatländer befriedet sein werden, sie wieder dorthin zurückkehrten, wo

14

sie hingehörten. Einige Leistungs- und Arbeitswillige konnten ja bleiben, das wäre okay. „Wie viele Flüchtlinge kann sich ein kleines Land, ein Sozialstaat wie das unsere eigentlich leisten?", fragte man sich. „Haben wir nicht selbst genug Arbeitslose, Obdachlose und Hilfsbedürftige? Und, last but not least, kam mit der Flüchtlingsflut nicht auch übles, arbeitsscheues Gesindel ins Land? Von Islamischen Terroristen, die demokratische Länder als kapitalistische Feinde ansehen, die bekämpft und unterworfen werden müssen, einmal ganz abgesehen. Sollten noch mehr grauenhafte Anschläge mit vielen Opfern und Verletzten, wie es sie in Europa und Deutschland schon viele gab, passieren? Man musste praktisch jederzeit und allerorts mit so etwas rechnen, die Angst vor islamisch aussehenden Migranten war also durchaus begründet. Hilfsbereitschaft und Toleranz hatten auch ihre Grenzen, vor allem wenn sie ausgenutzt wurden. Betty kannte in ihrem persönlichen Umfeld viele Leute, die nicht nur um ihre Sicherheit besorgt waren, auch dass ihr Lebensstandard wegen allzu vieler Migranten beeinträchtigt werden könnte. Man liest so einiges im Internet und macht so seine Beobachtungen.

Betty und Jörg berieten sich lange, schließlich schickten sie Herrn Dominque, nachdem sich kein anderer ernsthafter Interessent für ihre Wohnung gefunden hatte, eine E-Mail. Sie baten ihn darin, falls er noch an der Wohnung interessiert sei, das Formular, das sie ihm zuschicken werden, sorgfältig auszufüllen, zu unterschreiben und zurückzusenden. Zudem müsse er die Kontoauszüge seiner drei letzten Gehälter, gern auch als Kopien, und die schriftliche Genehmigung beifügen, dass sie sich, die

Vermieter, eine Schufa-Auskunft über ihn einholen dürfen. Das sei eine übliche, vorsorgliche Notwendigkeit.

Schon eine Woche später lagen die gewünschten Papiere vor. Alles war soweit paletti, bis auf eine Kleinigkeit, der junge Kameruner hatte nämlich die höchste Steuerstufe, was bei einem Familienvater von drei Kindern nicht gut möglich sein konnte. Der gute Mann hatte allem Anschein nach vergessen zu erwähnen, dass er gar nicht verheiratet ist, was man bei drei Kindern hatte annehmen müssen. Er hatte gelogen, nicht direkt, aber er hatte Betty und Jörg im Glauben belassen, verheiratet zu sein. Betty war betroffen und enttäuscht, weniger dass Herr Dominque, Vater von drei Kindern, nicht verheiratet war, das war nicht schön, viel schwerer wog, dass er nicht ehrlich war. Derweil hatte er einen so sympathischen Eindruck gemacht.

Jörg bat Herrn Dominque telefonisch um Aufklärung. Herr Dominque gestand reumütig, dass er zwar nicht mit der Mutter seiner Kinder verheiratet sei, aber so innig mit ihr verbunden, als wäre er es. Für eine Hochzeit sei bisher keine Gelegenheit gewesen, denn die allernächsten Verwandten sollten dabei sein und die Reise nach Deutschland wäre sehr teuer. Aber er und seine Frau beabsichtigen das Versäumte möglichst bald nachzuholen. Na toll.

Immerhin, das klang durchaus glaubwürdig, die Antons waren geneigt, Herrn Dominque zu glauben. Ihre Familie und Freunde aber warnten sie. „Wer einmal lügt, dem traut man nicht, auch wenn er die Wahrheit spricht", hieß es. „Wer weiß, vielleicht kommt seine ganze afrikanische Sippe angereist und nistet sich bei euch ein. Afrikanische Familien

16

sind im Allgemeinen sehr groß und eine Hochzeit wäre ein guter Anlass zu kommen. Und sind sie erst einmal da, dann bekommt man sie nicht mehr los, zumal wenn kleine Kinder da sind. Die glauben doch, dass Deutschland das Schlaraffenland sei, wo einem die Weintrauben in den Mund wachsen und die gebratenen Tauben durchs Fenster direkt auf die Teller fliegen."

„Nun, ja", dachten sich die Antons, „bei unserem Kameruner liegt es wohl ein wenig anders. Er hatte inzwischen bestimmt kapiert, dass einem in Deutschland nichts geschenkt wird und dass ein Sozialstaat vornehmlich auf Leistung beruht. Wie sonst hätte er mit seiner Verlobten -zumindest verlobt musste er mit ihr sein- in den zehn Jahren, in denen sie nun in Deutschland sind, trotz Sprachbarrieren und rassistischem Gegenwind, dem sie zweifellos ausgesetzt waren, und trotz ihrer drei Kinder studieren können. Dazu gehört ein eiserner Wille. Herr Dominque und seine Verlobte hatten immerhin ein Drittel ihres Lebens in Deutschland verbracht und wollten zweifellos nützliche Mitglieder der deutschen Gesellschaft sein oder werden, das hatten sie ausreichend bewiesen. Außerdem musste man ihnen zugutehalten, dass sie noch jung waren, beide um die dreißig Jahre, und sicher noch unerfahren in amtlichen Dingen. Solche Menschen muss man unterstützen, alles andere wäre kleinlich und dumm.

Als sich die Antons zu dieser Einsicht durchgerungen hatten, machten sie den Mietvertrag mit Paskal Dominque klar. Seine Verlobte, sie hieß Karen Manelly, und die Kinder Anna, Lisa und Marie Dominque wurden als Mitbewohner eingetragen.

In vier Wochen sollten sie kommen, nicht viel Zeit, um die Wohnung von einem Malermeister renovieren zu lassen. Zum Glück fand sich einer, der bereit war sofort mit der Arbeit zu beginnen. Er rückte mit einer kleinen Gruppe Handwerkern an, die Wände wurden mit einer Speziallösung mehrmals abgewaschen und mit den gewünschten Farben geweißt, Antons hatten sie über das Telefon erfragt. Anna wünschte sich ein rosa Zimmer, also wurde eine Wand ihres zukünftigen Zimmers, es war das kleine Zimmer mit dem Dachfenster, mit einem kräftigen Rosa versehen. Es sah besser aus wie befürchtet. Die Türrahmen wurden gestrichen, der hässliche Korkboden durch ein strapazierfähiges Laminat ersetzt und neue Dachfenster eingebaut. Währenddessen putzte Betty die Küche mehrmals mit einer extra starken Lauge, nahm sich die verdreckten Fenster gründlich vor und putzte das Bad und den Balkon. Sie putzte eine Woche lang von morgens bis zum abends und schlief während der Spätnachrichten vor dem Fernseher, auf der Couch erschöpft ein. Jörg behandelte die besonders verschmutzte Kloschüssel, die Dusche und die Badewanne mit einem extra starken Mittel nach und bekam alles einigermaßen hin. Er besorgte eine vernünftige Wendeltreppe zum Dachboden hinauf, den er in Ordnung gebracht hatte und jetzt eventuell von den Kindern zum Spielen und Toben benutzt werden konnte. Für das Streichen des Treppenhauses reichte die Zeit nicht mehr, das sollte später nachgeholt werden. Das war sowieso besser, denn beim Einzug würde man beim Transport der Möbel durch die enge Treppenflucht Schäden kaum verhindern können.

18

Zuletzt verfasste Betty eine Hausordnung, was erfahrungsgemäß für eine harmonische, tolerante Hausgemeinschaft unabdingbar ist. Beispielsweise wurde darin festgelegt, wer wann und wie oft die Straße zu fegen hatte und so weiter. Betty rahmte sie hübsch ein und hing sie gut sichtbar vor der Treppe zur Mietwohnung hinauf auf.

Die Renovierung hatte sich gelohnt, nach vier Wochen sah die Wohnung freundlich, hell und einladend aus. Die Antons waren erschöpft und um einige Tausender erleichtert, aber auch stolz und glücklich. Schließlich war es ein gutes Gefühl sein Haus von oben bis unten in guter Ordnung zu wissen.

Betty gab vorsorglich bei den Nachbarn Bescheid, dass nun eine farbige Familie in ihre Dachwohnung einziehen wird, eine Familie mit tadellosem Leumund. Das fanden alle nach einer kleinen Schrecksekunde in Ordnung.

Der besondere Mieter.

Dann kamen sie. Betty beobachtete hinter dem Vorhang des Küchenfensters verborgen, ihre Neugier zwang sie dazu, wie zuerst Herrn Dominques dunkler Personenwagen vor dem Haus anhielt, es war ein in die Jahre gekommener Audi, wie Jörg sie aufgeklärt hatte. Sie sah, wie eine schokobraune, vollschlanke, junge Frau ausstieg und ihr drei ebenfalls schokobraune Kinder folgten. Die zwei Kleinen waren, wie von Herrn Dominque erwähnt, unübersehbar Zwillinge. Die junge Frau hatte ein rundes, recht hübsches

Gesicht und kurzes, krauses Haar, dass eine eigenartige Gelbfärbung hatte, was Betty ausgesprochen unschön fand.

Sie wandte sich beschämt ab, Leute heimlich zu beobachten und nach ihrem Aussehen zu beurteilen gehörte sich schlicht nicht. Bei dieser Hitze, es war Anfang Juni, sieht keiner nach einer stundenlangen Autobahnfahrt, mit drei quengeligen Kindern auf den Rücksitzen gut aus.

Später, als die Kinder hochgebracht waren, hielt ein weißer Kombi vor dem Haus. Herr Dominque und ein anderer junger Farbiger stiegen aus, holten teils zerlegte Möbel von der Ladefläche und brachten sie nach oben. Nicht leicht bei dem steilen Treppenhaus mit der engen Kurve, wusste Betty.

Obwohl es ihr auf den Nägeln brannte die neuen Mieter zu begrüßen, wartete sie noch damit, Jörg fand eine Begrüßung sowieso nicht wirklich nötig. „Lass sie doch erst einmal in Ruhe ankommen, bevor du sie überfällst", meinte er und ging ungerührt seinen gewohnten Tätigkeiten nach. Im Moment räumte er die Garage auf, was auch dringend nötig war. Allzu große Neugierde oder dem Anstand geschuldete Konversationen und Freundlichkeiten waren nicht gerade sein Ding.

Nicht lange darauf erübrigte sich das, denn die neuen Mieter standen vor der Wohnungstür und schauten Betty erwartungsvoll an. Herr Dominque sagte: „Guten Tag. Wir sind nun da und wollen uns vorstellen."

Der Umzugshelfer war nicht mehr zu sehen, wahrscheinlich war er bereits mit dem Kombi weggefahren.

20

Betty war angenehm berührt, die neuen Mieter wussten, was sich gehörte, stellte sie fest und hieß sie freundlich willkommen. Die Kinder waren bezaubernd, die Zwillinge jedoch, von deren dunklen Köpfchen viele lustige Zöpfchen abstanden, waren kaum zu unterscheiden. Anna, die größere, hielt sich scheu zurück, natürlich fühlte sie sich fremd hier.

Betty lud die Familie zu einem Willkommenskaffee und zu einem Schokoladen-Kuchen ein, den sie für diesen Zweck gebacken hatte. Sie führte ihre Mieter durch die Wohnung auf die Trasse hinaus, auf der bereits der Tisch gedeckt war. Jörg kam und begrüßte gleichfalls die Familie, er scherzte mit den Kindern und half Betty den Kuchen, den Kaffee und den Kakao aufzutragen. Für die Zwillinge wollten er dicke Kissen auf die Gartenstühle legen, aber Herr Dominque meinte lächelnd, das sei nicht nötig, die „Babies" würden noch auf den Schößen der Eltern sitzen. Die Kinder schauten mit großen, neugierigen Augen zu, wie Betty Kuchenstücke auf die Teller legte und Jörg reihum Kaffee und Kakao in die Tassen einschenkte. Die „Babies" wurden von ihren Eltern gefüttert.

*I*n den ersten Wochen und Monaten sahen es die Antons als ihre Aufgabe an, ihre besonderen Mieter mit den hiesigen Verhältnissen, ins besonders mit den kulturellen vertraut zu machen. Karen Manelly hatte kein eigenes Fahrrad und bekam leihweise das abgelegte von Betty, sie und Jörg hatten sich E Bikes zugelegt, was in ihrem Alter, sie waren Mitte siebzig, auch angebracht war. Paskal Dominque hatte selbst ein Fahrrad, sogar eins mit einem Baby-Anhänger, und Anna ein Kinderfahrrad. Damit konnten sie in den

Nachbarorten die Märkte oder andere Ausflugsziele besuchen.

Einmal in der Woche durfte Anna zu Betty kommen und mit ihr mit Wasserfarben malen. Anna malte gern und Betty zeigte ihr, wie man mit Pinsel und Farbe umgeht. Annas Lieblingsmotiv war ihre Familie, zuerst malte sie ihren Papa, dann die Mama, dann ihre Geschwister. Die fertigen Kunstwerke wurden in einer Mappe aufbewahrt.

Als die Trauben am Weinstock, der im Sommer Antons Terrasse beschattete, reif waren, waren Paskal Dominque und seine Tochter Anna bei der Traubenlese und beim Entsaften dabei. Die allzu quirligen und ungebärdigen Zwillinge und ihre Mutter waren verständlicherweise nicht dazu eingeladen.

Annas sechster Geburtstag und ihre Einschulung wurden zusammen gefeiert. Den Rosinenkuchen dazu buk Anna in Bettys Küche und mit deren Hilfe selbst.

Im Dezember besuchten sie zusammen einen der vielen Weihnachtsmärkte der Region, danach durfte Anna mit Betty Weihnachtplätzchen backen. Die Zwillinge waren noch zu klein dazu, sie hätten die Bäcker allzu sehr gestört. Selbst schön gespitzte Farbstifte und großflächiges Papier, welches Betty für sie bereitlegte, konnten sie nicht lange davon abhalten mit ihren flinken Händchen die Schranktüren zu öffnen und auszuräumen oder auf den Polstermöbeln herum zu hopsen. Die Mahnungen ihrer Mutter wirkten lahm und eher belustigt, als bestimmend.

Die Antons waren nicht begeistert, als Paskal Dominque sie ein wenig verlegen bat, sich doch zu duzen, das sei er bei Menschen, die ihm sympathisch sind gewöhnt, meinte er. Obwohl Antons ein freundschaftliches Sie bevorzugt hätten, es schaffte ihrer Ansicht nach einen guten, respektvollen Umgang, waren sie, um ihn nicht zu kränken, damit einverstanden.

Es fiel auf, dass die Zwillinge sehr oft ausdauernd und zornig schrien, auch während der Nacht. Bei Zweijährigen sicher nicht ungewöhnlich, für Eltern aber sehr belastend, wie Betty und Jörg aus eigener Erfahrung wussten, sie selbst hatten auch drei Kinder großgezogen. Wenn sie nachts in ihren Betten lagen und dem Schreien der Zwillinge über sich lauschten, mussten sie sich das vergegenwärtigen, schließlich wussten sie von vornherein, in was sie sich da eingelassen haben. Auch dass die Restmülltonne allzu schnell mit übel riechenden Windeln gefüllt war, war nicht lustig, aber nicht zu ändern.

Nur wunderte es, als ein Geschirrspüler, dann eine Waschmaschine und ein Trockner angeliefert wurden, alles Dinge, die beim Einzug ihrer Mieter schon vorhanden waren. „Vielleicht", überlegten sich die Antons, „will Paskal diese Sachen nach Kamerun, zu seiner Familie schicken, dort waren solche Sachen sicher schwer zu bekommen und dürften obendrein sündhaft teuer sein. Obwohl der Transport dorthin auch einiges kosten dürfte. Aber Paskal Dominque wird schon wissen, was er tut, also fragten sie nicht weiter nach.

Am besten wegschauen.

Im Spätherbst bekam Karen im Nachbarort, in einem Alten-Pflegeheim eine Halbtagsstelle. Dort konnte sie an den Samstagen und den Sonntagen, wenn Paskal zu Hause war, von acht Uhr morgens bis vierzehn Uhr arbeiten, was eigentlich ideal war.

Aber als Paskal seine Vermieter an einem Sonntag zum Mittagessen einlud, offenbarte sich für die das Drama, das bereits seinen Anfang genommen hatte.

Gleich als Anna ihnen die Tür öffnete, bot sich ihnen ein wahres Chaos. Paskal, der seinen Besuch wohl gehört hatte, öffnete er einen Spalt die Badezimmertür und sagte: „Entschuldigt, ich muss eben noch Lisa fertig machen."

„Ist schon Okay", meinte Betty verständnisvoll, Babies machen nun mal in die Windeln, ohne vorher zu fragen, ob es gerade passt.

Anna zeigte ihnen stolz ihr Zimmer mit dem großen, neuen Metallbett, es nahm einen großen Teil ihres kleinen Zimmers in Anspruch, der Schreibtisch, der Drehstuhl und das Regal fielen entsprechend bescheidener aus. Die Sternenhimmel-Jalousie am Dachfenster, Jörg hatte sie von einem Fachmann anbringen lassen, war noch zugezogen. Betty und Jörg zeigten sich beeindruckt, vor allem von dem Himmelbett. Dann folgten sie den Kindern ins Wohnzimmer. An der Zimmertür mussten sie erst einmal den Anblick, der sich ihnen bot, verkraften. Zwar hätten die hübschen Gardinen, die inzwischen das große Fenster zierten, die weiße Ledercouch-Garnitur und die weißen

Hängeschränke den Raum wohnlich machen können, aber die vielen Filzstiftkritzeleien und wer weiß was alles für Kleckereien an den Wänden und auf der weißen Ledergarnitur, die angebissenen Kekse und Bananen, die teils umgekippten, in Cola-Pfützen liegenden Trinkbecher, dazwischen vergammelte Babypuppen und billiger Spielkram erinnerten mehr an ein Schlachtfeld, als an einen vor nicht langer Zeit renovierten Wohnraum. Der riesige TV-Flachschirm auf dem langen, niedrigen Sideboard und die eingerahmten Familienfotos daneben wirkten irgendwie falsch platziert.

Paskal kam mit Lisa aus dem Bad und entschuldigte sich ob des Chaos. Betty und Jörg schluckten ihre Erschütterung hinunter und versuchten verstehend zu lächeln. Sie und die Kinder folgten Paskal in die Küche, auch hier ein heillosen Chaos, Brotreste, Kekskrümel, schmutziges Geschirr, Einwickelpapier wohin man auch schaute, Paskal, der Gute, war offenbar rettungslos überfordert mit den Kindern und dem Haushalt. Andererseits war er nur am Wochenende dafür zuständig und das reichte für ein derartiges Chaos sicherlich nicht aus.

Während Paskal notdürftig Platz schaffte, einen Topf mit Wasser füllte und auf eine Herdplatte setzte, einen Nudelteig anrührte und knetete, bat Betty Anna um einen Besen und um eine Kehrschaufel, um ein wenig zu fegen. Anna suchte und fand sie. Danach ließ sich Betty von Anna den Abfalleimer zeigen, worin sie die Kehrschaufel entleeren konnte, er befand sich im Spülschrank. Betty verbot es sich inzwischen sich über irgendetwas zu wundern. Sie versuchte Paskal, der still und abgeklärt mit dem Nudelteig kämpfte, zu helfen. Die Zwillinge wollten auch kochen, sie schoben und rückten Stühle hin zum Herd und zum Vater, kletterten darauf und hatten ihre flinken, kleinen Finger überall dort, wo sie nicht hingehörten, zum Beispiel im Nudelteig. Wenn Betty sie unter Ermahnungen wegbrachte, waren sie gleich wieder da, sie waren echte Plagen. Jörg stand hilflos herum und wusste nicht, was tun inmitten des Durcheinanders.

Der Nudelteig war fertig und Betty half Paskal, ihn durch ein Nudelsieb, in das sprudelnde Wasser im Kochtopf zu drücken, in dem rasch aneinanderklebende Teigklumpen entstanden. Egal, nach ein paar Minuten wurden sie abgeseiht und in einer Schüssel zu Tisch gebracht, den hatten Jörg und Anna inzwischen auf Bettys Geheiß hin abgeputzt. Die Zwillinge kamen in Hochsitze, in sicheren Abständen zu den Gegenständen auf dem Tisch, und Anna setzte sich auf einen der Stühle. Betty fragte sie verwundert: „Nanu, Anna, willst du nicht den Tisch decken?" Sofort stand sie auf, holte aus einem Schrank Teller und Gläser und stellte sie so bedächtig und sorgsam auf den Tisch, als täte sie es das erste Mal.

Paskal machte einen müden, resignierten Eindruck, er zerrte den Nudelbrei mit Gabeln etwas auseinander und verteilte ihn auf den Tellern, bei den Zwillingen streute er reichlich Parmesankäse darüber, die anderen durften sich selbst damit bedienen. Den Kindern schmeckte es anscheinend, die Zwillinge aßen mit Gabeln und tranken Cola aus Kunststoffbechern, wobei sie eine ziemliche Kleckerei veranstalteten. „Aber gut", dachte sich Betty, „learning by doing", heißt es doch. Sie und Jörg spülten den Nudelbrei
26

tapfer mit viel Wasser und Apfelsaft hinunter und taten so, als ob es ihnen schmecken würde.

Als die Kinder ungeachtet der noch halbvollen Teller und ohne zu fragen aus ihren Hochstühlen kletterten und Anna mit ihnen, ohne sich den Mund und die Hände abgeputzt zu haben, in den Wohnraum nebenan verschwand, ersparten sich Antons einen Einwand oder sich zu wundern. Sie halfen Paskal das Geschirr zur Spüle zu bringen und wollten sich dann dankend verabschieden, aber Paskal bat sie noch ein wenig zu bleiben. Also setzten sie sich wieder an den Tisch und Paskal, die tobenden Kinder nebenan zur Ruhe mahnend, schenkte Apfelsaftschorle in ihre Gläser. Dann setzte auch er sich und meinte mit einem wehen Lächeln: „Meine Frauen machen mich fertig."

Es sollte ein Scherz sein, aber Antons sahen, dass es die Wahrheit war. „Kinder in dem Alter sind nun mal anstrengend", gab Betty zu, „aber..."

„Es ist ja nur am Wochenende, nicht wahr?", fiel ihr Jörg, der eine unpassende Belehrung seiner Frau befürchtete, ins Wort. „Unter der Woche kümmert sich ja Karen um den Haushalt und die Kinder, nicht wahr?"

Man hörte, wie jemand die Wohnungstür aufschloss und wie die Kinder ihre Mutter stürmisch begrüßten, Karen Manelly war heimgekommen. Bald darauf kam sie in die Küche, sie war bereits umgezogen und trug einen wadenlangen, großgeblümten, ärmellosen Kittel, der sie wenig kleidete. Wenn man nun geglaubt hätte, sie würde ihren Verlobten mit einem Kuss begrüßen oder zumindest mit einer kleinen, zärtlichen Geste, mit einer Frage oder einem freundlichen

Wort, weit gefehlt, sie streifte ihn und die Besucher kaum mit einem Blick. Karen wirkte müde, sie ging zum Kühlschrank, holte eine Flasche Wasser heraus, trank am Küchentürrahmen gelehnt ein paar Schlucke und verschwand dann wortlos, wahrscheinlich um sich auszuruhen. Sie musste sterbensmüde sein, natürlich, sie war ja seit dem frühen Morgen auf den Beinen. Und im Pflegeheim würde man ihr bestimmt nichts schenken.

Auch Paskal hatte sie kaum beachtet, sie kaum angesehen. Die Situation war peinlich und befremdend für die Antons, denn es war allzu offensichtlich, dass sich die beiden nichts mehr zu sagen hatten.

Die Kinder kamen und wollten fernsehen. Paskal ging mit ihnen ins Wohnzimmer und schaltete den Fernseher an, wie zu hören war lief ein Kinderprogramm. Dann kam er zurück und setzte sich wieder zu seinen Vermietern an den Tisch.

„Nun, lieber Paskal", meint Betty, „wir wollen nicht länger stören und werden jetzt gehen. Danke für die Einladung und…"

„Oh, nein, nein, ihr stört ganz und gar nicht", meinte Paskal schnell, „Ich wollte euch eigentlich fragen, ob ihr einen Bauernhof wisst, der hier in der Gegend zum Verkauf steht. Vielleicht fragt ihr eure Freunde und Bekannten, ob sie einen wissen."

„Aber du bist doch zufrieden mit deinem Job, Paskal?", fragte Jörg einigermaßen erstaunt.

„Nun, um ehrlich zu sein nicht wirklich", meinte Paskal leicht verlegen. „Meine Leidenschaft war schon immer die

28

ökologische Landwirtschaft. Ein paar Äcker, auf denen ich Obst und Gemüse anbauen könnte und Wiesen, auf denen ich seltene Rinder, Schweine, Schafe und Hühner artgerecht halten und züchten könnte wäre mein Traum. Das wollte ich immer schon."

Im Wohnraum nebenan war es still geworden, nur der Fernseher war zu hören.

„Sollte man tatsächlich einen zum Verkauf stehenden Bauernhof finden, dann dürfte das einiges kosten", meinte Jörg, der glaubte, Paskals finanzielle Lage einigermaßen zu kennen. Er verdiente gut, aber für solche Träume sicher nicht gut genug. „Tatsächlich wäre ein Schrebergarten eine gute Alternative", schlug er vor, „oder eine Ackerparzelle, auf der man nach eigenem Bedarf und Belieben Gemüse anbauen und ziehen kann. Wir selbst haben uns schon dafür interessiert und uns bei einem Bauern, der solche Zellen vermietet, erkundigt. Eine Parzelle von ca. zwanzig Quadratmetern kostet, soweit ich mich erinnere hundert Euro im Jahr, inklusive das gewünschte Saatgut und die Bewässerung. Wie wir gesehen haben, sind diese Zellen sehr beliebt und immer schnell vergeben, du müsstest dich also frühzeitig danach erkundigen. Im Übrigen kann man sie gut mit den Fahrrädern erreichen."

„Aber das Wichtigste ist doch vorerst", meinte Betty, die Paskals Pläne als Absurdum bewertete, „das Wichtigste ist doch, du lebst dich mit deiner Familie gut hier ein, alles Weitere braucht Zeit und wird sich zeigen. Die Nachbarn jedenfalls haben euch gut aufgenommen, nicht wahr?"

„Oh, ja, absolut, sie sind alle sehr nett", meinte Paskal geistesabwesend, „Wir haben uns, als wir ankamen, gleich bei ihnen vorgestellt. Und ihr, liebe Betty und lieber Jörg, seid für meine Kinder wie Oma und Opa." Er schaute Betty und Jörg prüfend an. „Sie spüren, dass ihr sie mögt."

Bei Betty regte sich Widerstand, genau das wollte sie nicht, eine allzu enge Bindung mit den Mietern, quasi eine Familienanbindung, das tut nicht gut. Sie hatte stets auf einen gesunden Abstand mit den Mietern geachtet, zudem war es für sie undenkbar von fremden Kindern Oma genannt zu werden. Sie mochte die Kinder, sie waren süß, aber sie waren nun mal nicht ihre Enkel. Nicht einmal die Kinder der zweiten Frau ihres Sohnes nannten sie Oma und Opa, das hatte nie zur Debatte gestanden. Nach Bettys Ansicht müssen Kinder wissen, wer ihre leiblichen Großeltern und Angehörigen sind, alles andere würde sie nur verwirren. Hatte ihr besonderer Mieter ihre Hilfsbereitschaft und Freundlichkeit missverstanden? Sie wollten helfen, dass sie sich hier gut einleben, nicht mehr und nicht weniger. Hatten sie ihr Entgegenkommen vielleicht übertrieben?

„Die Großeltern deiner Kinder sind in Kamerun, Paskal", meinte Betty kühl. „Wir sind es nicht und können es auch nicht sein."

Paskal schaute ernst und nachdenklich auf das Glas in seiner Hand, anscheinend musste er das Gehörte erst verarbeiten. Dann sah er abwechselnd Betty, dann Jörg an und fing mit leiser Stimme an zu erzählen. „Ihr müsst wissen", meinte er, „meine Mutter ist die Zweitfrau meines Vaters, das heißt, mein Bruder und ich wurden nicht von ihm unterstützt und gefördert, so wie er es mit den Söhnen seiner Hauptfrau tut, das ist in Kamerun Brauch und Sitte. Mein Onkel Sebastian aber, der Bruder meiner Mutter, nahm sich meines Bruders und mir an. Onkel Sebastian ist reich, damals schien es mir jedenfalls so, er besitzt eine große Kaffeeplantage und eine Rösterei, in denen er viele Arbeiter beschäftigt. Er hat nur zwei Töchter, Marion und Karen, die er in eine Schule für bessere Töchter schickte, auch mein Bruder und ich durften in die Schule gehen. Er versorgte uns mit Büchern und anderem Lehrmaterial. Ich ging gern in die Schule und als ich vierzehn Jahre alt war, schickte er mich nach Duala, in ein Internat, in dem ich die Oberschulreife erlangen sollte. „Dort wirst du mit vielen anderen Jungs zusammen wohnen, lernen und Sport treiben", hatte er mir aufmunternd erklärt, denn ich war nicht gerade begeistert davon. „Zum Beispiel kannst du in einen Fußballverein eintreten. Du spielst doch gern Fußball, oder?"

Das stimmte schon, trotzdem hätte ich viel lieber auf seiner Plantage und in seiner Röstereien gearbeitet und gelernt. Außerdem hätte ich dort Marion, die ich sehr mochte und verehrte, öfter gesehen. Aber das konnte ich ihm natürlich nicht sagen.

Nun, ich ging nach Duala in das Internat, weil es Onkel Sebastian so wollte, und blieb zwei Jahre dort. Marion und Karen, seine Töchter, besuchten zur gleichen Zeit die Mädchenschule für bessere Töchter im fernen Tabitha. Die Eisenbahn brachte sie dorthin und in den Ferien wieder zurück nach Hause. Wir sahen die Mädchen also nur in den Ferien.

Nun, ich dachte, nach der Schulzeit werde ich wie mein jüngerer Bruder Gabriel auf der Plantage und in der Rösterei meines Onkels lernen und arbeiten, aber mein Onkel hatte Höheres mit mir im Sinn. Er unterbreitete mir, dass er mich zum Studieren nach Deutschland schicken will. „Du bist der intelligentere von euch beiden, mein lieber Paskal", eröffnete er mir. „Ich habe viel in dich investiert und werde es auch weiterhin tun, denn ich setzte große Hoffnungen in dich. Ich möchte, dass du in Deutschland Maschinenbau oder Volkswirtschaft oder beides studierst." Er vermisste wohl meine Begeisterung oder zumindest eine positive Reaktion, denn er meinte aufmunternd, mir auf die Schulter klopfend: „Betrachte es als großen Vertrauensvorschuss meinerseits. In ein paar Jahren, wenn du zumindest mit einem Diplom abgeschlossen haben wirst, kommst du wieder nach Hause. Denn hier werden gut ausgebildete Fachkräfte dringend gebraucht. In Bremen habe ich gute und wichtige Geschäftsverbindungen, falls es nötig sein sollte, wird man dir helfen."

„Was sollte ich tun", seufzte Paskal, seine Vermieter resignierend ansehend. „Ich war meinem Onkel verpflichtet, ich musste ihm gehorchen. Alles andere wäre undankbar gewesen, nicht wahr?"

In der Wohnung war es immer noch ruhig, die Kinder schauten fern. Nach einer kleinen, nachdenklichen Pause fuhr Paskal fort zu erzählen, Betty und Jörg hörten ihm aufmerksam und geduldig zu. „Eine Bedingung allerdings knüpfte mein Onkel an sein großzügiges Angebot", meinte Paskal wehmütig lächelnd, „ich sollte meine Cousine Karen mitnehmen nach Deutschland und sie dort unter meine

32

Obhut nehmen. Karen war damals bereits siebzehn Jahre alt, also längst im heiratsfähigen Alter und noch immer keinem Mann versprochen. Das musste meinem Onkel Sorge gemacht und zu dieser Entscheidung veranlasst haben. Man muss wissen", fuhr Paskal fort, „die Mädchen in Kamerun werden sehr früh versprochen und verheiratet. Mein Onkel glaubte wohl oder erwartete es, ohne dass er es ausdrücklich sagte, dass ich mich in Deutschland mit Karen liieren werde. Dass ich in Marion verliebt war, musste er bemerkt haben, aber es kümmerte ihn nicht. Ich stimmte zu, denn in Kamerun werden die meisten Ehen aus Vernunftgründen geschlossen und sind nicht unbedingt bindend oder verpflichtend.

In Bremen wurden wir auf einer französischen Hochschule, in der uns mein Onkel angemeldet hatte, sprachlich und auch sonst auf den notwendigen Wissensstand gebracht. Nach einem Jahr konnte ich, wie von meinem Onkel erwartet, ein Wirtschafts- und Maschinenbau-Studium beginnen, Karen begann ein Studium in Medizintechnik. Zwar sollte sie nach der Vorstellung meines Onkels ein medizinisches Studium absolvieren, in Kamerun werden Ärzte und Krankenschwestern dringend gebraucht, aber dazu reichten ihre Zensuren nicht aus.

Als Karen schwanger wurde und Anna kam, nahm ich sie, in ihrer Babytasche liegend, überall mit hin. Nebenher schlug ich mich mehr schlecht als recht als Taxifahrer oder Tellerwäscher in Restaurants oder als Bedienung in Lokalen durch. Einmal versuchte ich mich als Busfahrer, aber darüber beschwerten sich viele Fahrgäste, sie wollten nicht von einem Schwarzen chauffiert werden, was mich ungemein verletzte. Für ein schwarzes, unverheiratetes Paar mit Kind, später mit drei kleinen Kindern, war es auch schier unmöglich eine finanzierbare Wohnung zu finden. Wir wurden abgelehnt, ohne dass man sich die Mühe gemacht hätte, es zu begründen. Deshalb bin ich ja auch so froh und dankbar, dass wir bei euch wohnen können." Paskal schaute seine Vermieter wehmütig an. „Aber unsere Kinder werden ohne ihre Familien, ohne ihre Verwandten aufwachsen müssen", meinte er, „das ist traurig. Ich muss zugeben, ich selbst vermisse meine Mutter und meine Angehörigen auch, überhaupt vermisse ich meine Heimat."

„Das kann ich gut verstehen", meinte Jörg mitfühlend, „aber hast du nicht alles erreicht, was du wolltest, Paskal? Ihr habt beide studiert, habt gesunde, muntere Kinder, eine gute Wohnung und gute Jobs. Und irgendwann werdet ihr Urlaub in Kamerun machen können, dann werden deine Kinder ihre Großeltern und alle anderen Verwandten persönlich kennenlernen. Handys und WatsApp gibt es schließlich auch noch."

„Und sie werden einen Kulturschock erleben", ergänzte Paskal niedergeschlagen. „Ja, einen Kulturschock. Sicher, Kamerun ist inzwischen ein unabhängiges Land mit freien Wahlen und mit Pressefreiheit, aber die Korruptionen, die Vetternwirtschaften und die blutigen Auseinandersetzungen zwischen den vielen Republiken und Königreichen verhindern eine echte kulturelle und wirtschaftliche Entwicklung. Das Gros der Kameruner ist arm und lebt in Hütten. Viele müssen ihr Wasser in Kanistern von zentralen Wasserstellen holen. Die meisten Kameruner kennen keinen Arzt oder einen Zahnarzt, ein Krankenhaus oder Arztpraxen
34

sind für viele unerreichbar und unerschwinglich. Meine Mutter ist erst fünfundfünfzig Jahren alt und hat fast keine Zähne mehr. Die Säuglingssterblich ist in Kamerun hoch, jedes fünfte Kind erreicht nicht das sechste Lebensjahr. Es gibt keine Absicherung oder eine staatliche Unterstützung im Krankheitsfall oder bei Naturkatastrophen, so wie in Deutschland. Trotzdem glaube ich, dass man in Kamerun leben kann, es ist ein unabhängiges, reiches, fruchtbares Land mit vielen Bodenschätzen wie Erdöl und Aluminium, aber es braucht eine gute Regierung, gut ausgebildete Ingenieure und Facharbeiter, gute Schulen und Universitäten. Es braucht Menschen, die bereit sind, für eine lebenswerte Heimat zu arbeiten und zu kämpfen. Das kostet viel Zeit, Mühe und Mut, aber es würde sich lohnen, man könnte es schaffen."

Paskal versank in Gedanken, nach einer kleinen Pause fragte Jörg: „Und was schließt du für dich daraus, Paskal?"

Paskal schaute Jörg zerstreut an. „Ich weiß es nicht, Jörg, ich weiß es wirklich nicht", meinte er sinnend. „Es ist sehr schwierig für mich."

Der Besuch

An Silvester bekamen Paskal, Karen und die Kinder Besuch.

Betty und Jörg schauten sich wie jedes Jahr gerade im Fernseher „Dinner for one" an, als kurz vor Mitternacht jemand an ihre Wohnungstür klopfte. Paskal stand davor und fragte, ob sie nicht hochkommen und mit ihnen das neues Jahr begrüßen wollen. „Ja, gern", meinten sie, holten aus dem Keller rasch eine Flasche Wein und gingen mit Paskal hinauf. Pünktlich um Mitternacht standen sie, Paskal, Karen, Anna und das junge Paar, das zu Besuch war, warm in Wintermäntel und Jacken gepackt und mit brennenden Sternenwerfern in den Händen auf dem kleinen Balkon und bewunderten das Feuerwerk, das sich vor allem über dem nahen Kreisstädtchen prächtig entfaltete und das Jahr 2019 willkommen hieß. Die Zwillinge waren längst auf der Couch eingeschlafen und in ihre Betten gebracht worden, selbst das Krachen und Pfeifen der Raketen und das Glockengeläut der nahen Kirche konnten sie nicht in ihrem Schlaf stören. Zum Glück

Danach zog man sich fröstelnd in den warmen Wohnraum zurück und nahm auf der grotesk bekritzelten Couch und den Sesseln Platz. Paskal füllte Sekt in Gläser, man stieß auf das neue Jahr an und wünschte sich gegenseitig Gesundheit, Glück und gutes Gelingen bei allem, was man vorhat.

Betty studierte unauffällig die jungen Besucher ihrer Mieter, sie waren dunkelhäutig wie sie, doch von ungewöhnlicher Schönheit, vor allem die junge Frau. Sie trug ein feines Tuch um den Kopf, das ihre Hals- und Nackenpartie wunderbar zur Geltung brachte, ihr ovales Gesicht mit den großen, sanften Augen war bezaubernd schön. Auch ihr junger Begleiter war eine sehr wohlgestaltete Erscheinung von angenehmen Wesen, augenscheinlich gehörten sie zusammen. Betty erinnerte sich von einem afrikanischen Stamm gehört oder gelesen zu haben, dessen Menschen bestechend schön sein sollen.

Die beiden jungen Frauen beteiligten sich kaum an dem lockeren Gespräch der anderen, sie lauschten nur lächelnd, womöglich waren sie es nicht anders gewöhnt, vermutete Betty. Sie wandte sich an die junge Frau und fragte, wo sie wohne und was sie in Deutschland mache. In einer stillen, bescheidenen Art antwortete sie, dass sie in Heidelberg wohne und die deutsche Sprache, die deutsche Geschichte und Literatur studiere, auch afrikanische Sprachen und Dialekte.

„Wie interessant", meinte Betty beeindruckt.

„Die Kameruner fühlen sich mit Deutschland sehr verbunden", erklärte Paskal, während er Spielkarten mischte und austeilte. „Kamerun war ja lange Zeit eine deutsche Kolonie. Marion will Reise-Journalistin werden, in Deutschland und natürlich auch in Afrika. Fakt ist, der Tourismus nimmt in Afrika immer mehr Fahrt auf. Marcel ist ihr Studienkollege, er hat sie freundlicherweise begleitet."

„Aha, dann waren die beiden womöglich doch nicht verbandelt", kombinierte Betty.

Sie spielten eine Weile Uno, Anna spielte wacker mit. Karen taute beim Spielen sichtlich auf, sie jammerte, wenn sie Gefahr lief zu verlieren, und freute sich lautstark, wenn sie gute Karten hatte, was ihr jedes Mal einen kritisch verärgerten Blick von Paskal einbrachte. Betty registrierte es unangenehm berührt. Etwas später verabschiedeten sie sich, wünschten nochmals alles Gute für das neue Jahr und gutes Gelingen bei allen Vorhaben. Und für die Gäste und eine gute Heimreise.

„Danke", meinte der junge Mann und schaute Marion, die ihm müde zulächelte, lieb an. Morgen, ach nein, heute Nachmittag werden wir heimfahren."

„Ein wirklich wunderschönes Paar", dachte Betty und stieg hinter Jörg die Treppe zu ihrer Wohnung hinunter. „Vor allem die junge Frau ist ganz bezaubernd."

Schleichende Melancholie

In der Osterwoche lud im nahen Kreisstädtchen ein Kloster in seinen Klostergarten ein. Viele kamen, meist Familien mit Kindern. Die Menschen schlenderten durch die Kräuterbeete und studierten die komplizierten Namen auf den Schildchen davor. Man lustwandelte unter blühenden Apfel- und Kirschbäumen und schaute den Klosterfrauen zu, wie sie, die Blusenärmeln hochgestülpt, mit Naturfarben bunte Ostereier zauberten. Man konnte sie kaufen, was auch rege getan wurde. Auch Betty kaufte welche für ihre Mieter, Ostern würde sie sie in Körbchen legen und für die Kinder im Garten verstecken. Für ihre eigene Familie wollte sie wie jedes Jahr die Eier selbst färben und zwar gleichfalls mit Naturfarben. Dazu umwickelte sie gewöhnlich rohe Eier mit starken Gräsern und legte sie für einige Minuten in ein siedendes Rotkraut oder zu Roten Beeten oder in einen Zwiebelsud. Das erzielte immer sehr eigenwillige, interessante Muster.

Als man sich auf einer Bank, an einem langen Tisch niederließ und sich den Kuchen, den Kaffee, die Kinder den Apfelsaft schmecken ließ, die Jörg von einer Kuchentheke geholt hatte, wurden die dunkelhäutigen Kinder, vor allem die nun fast dreijährigen Zwillinge allgemein bestaunt und belächelt. Mit den abstehenden Zöpfchen rund um ihre Krausköpfchen sahen sie wirklich allerliebst aus.

An den Sonntagen fuhren sie gern mit den Rädern in die Nachbarorte, zu den im Ortsblättchen angekündigten Frühjahrsmärkten. Oder sie fuhren in das nahe Freizeitzentrum, in dem die Kinder herumtoben konnten und manchmal auf zottigen, geduldigen Ponys reiten durften. Oder sie beobachteten im nahen Vogelschutzgebiet Enten und Vögel in den Weihern und Feuchtgebieten, oder saßen im schattigen Garten eines Mühlengasthauses und lauschten dem Murmeln des Bachs nebenan. Dabei probierten sie typisch hessische Spezialitäten, „Grüne Soß" mit Eiern und Kartoffeln zum Beispiel, danach schlürfte man gewöhnlich ein Fruchteis zum Nachtisch. Jeden Donnerstag ging Betty mit Anna in die Leihbücherei, um mit ihr zu lesen. Sie sollte Spaß daran bekommen, was sie auch tat.

Aber Anna wirkte nicht wie ein siebenjähriges Kind, sie war auffallend ruhig und in sich gekehrt. Ihren kleinen Schwestern gegenüber war sie oft ungeduldig, sie schrie sie an und schlug sie auch. Als Betty sie deshalb behutsam tadelte und meinte, dass Schlagen zu nichts führe, im Gegenteil, dass Vertrauen zerstöre, da meinte Anna, dass der Papa die Mama ja auch schlage. Betty erschrak, zog es aber vor, der Aussage eines Kindes nicht allzu große Bedeutung beizumessen. Ein Kind spürt empfindlich, wenn sich die Eltern fremd werden. Selbst ihnen, den Außenstehenden, blieb dies nicht verborgen.

Von ihrem Mieter wurden sie nicht mehr eingeladen, was Betty und Jörg sehr recht war.

Ansonsten war Paskal durchaus bemüht, sich ein gesellschaftliches Umfeld zu schaffen. Er meldete sich und Anna bei der Feuerwehr an, sie gingen auch einige Male zu den Übungen und Besprechungen, aber die Freude daran hielt nicht lange an. Es war nicht zu übersehen, Paskal wurde von einer seltsamen Unruhe und Niedergeschlagenheit geplagt. Immer öfter konnte er nicht zur Arbeit gehen, weil er wegen schlimmer Kopfschmerzen einen Arzt aufsuchen musste. Sein optimistischer Unternehmergeist, seine ansteckende Fröhlichkeit und sein Elan schwanden dahin, wie Schnee in der Sonne.

Nun, dachte Betty, das gibt sich wieder. Klar, in letzter Zeit hatten sie ihre Mieter mehr und mehr sich selbst überlassen, denn, so dachten sich die Antons, es wurde Zeit, dass sie gleichgesinnte und gleichaltrige Freunde finden. Wer das Laufen lernen will, der muss laufen, heißt es doch. Außerdem hatten sie selbst ja auch eine Familie, um die sie sich kümmern wollten.

Paskals Schwermut kam schleichend, sie blieb lange unbemerkt. Rückblickend gesehen hatte sie sich schon seit geraumer Zeit angekündigt.

Abgetaucht

Dann kam völlig überraschend das, womit keiner, nicht einmal in den schlimmsten Albträumen rechnen konnte.

Paskal Dominque verschwand nach kaum einem Jahr bei Nacht und Nebel, wie eine Vision.

Als Betty am Morgen einen großen Blumenstrauß vor ihrer Wohnungstür vorfand, dachte sie zuerst an wer weiß was, nur nicht an das, was es tatsächlich war, nämlich ein Abschiedsgruß oder eine Art Entschuldigung, egal. Sie nahm den Strauß und sah zwischen den Blüten und Blättern ein Kuvert. „An Betty und Jörg", las sie, es war unverkennbar Paskals etwas ungelenke, wenn auch schreibgeübte Schrift. Betty zog das Kuvert hervor, öffnete es mit ungutem Gefühl und zog den Briefbogen heraus. „Oh, mein Gott", dachte sie, „was ist passiert? Vielleicht ein Gehirntumor, Paskal litt ja schon lange unter Migräne und Gemütsschwankungen." Betty entfaltete den Briefbogen und überflog hastig die Zeilen, wobei ihr Gesichtsausdruck immer ungläubiger wurde. „Liebe Betty, lieber Jörg", las sie, „wenn ihr diesen Brief lesen werdet, sitze ich bereits im Flieger und bin auf dem Weg nach Hause, nach Kamerun. Ich muss gestehen, ich habe es nicht übers Herz gebracht, mich persönlich von euch zu verabschieden, ich war zu feige dazu. Es bricht mir das Herz, aber ich muss gehen, um nicht verrückt zu werden. Karen wird es schaffen mit meinen wunderbaren Kindern, die ich aufrichtig liebe. Ihr habt sicher bemerkt, ja, ihr müsst es bemerkt haben, dass Karen und ich uns nicht lieben, wir haben uns nie geliebt, nicht einmal besonders gemocht. Die Miete für den nächsten Monat ist überwiesen. Was werden wird, ich weiß es nicht, ich weiß nur, ich bin krank, mein Gemüt ist krank, ich kann nicht anders. Ich hoffe, dass ich in meiner Heimat, bei meinen Leuten zur Ruhe komme und ich mich erholen werde. Bitte verzeiht mir und danke für alles. Euer Paskal."

Betty verstand nur eins, Paskal war weg. Ihr Mieter saß unwiederbringlich in einem Flugzeug, das unumkehrbar Richtung Kamerun flog. Zorn stieg in ihr auf, Wut und hilflose Enttäuschung, ihr Vertrauen und ihre verdammte Gutmütigkeit wurden schmählich ausgenutzt. Wieder einmal. Sie wurden hereingelegt und nach Strich und Faden belogen und betrogen.

Sie fand Jörg in seiner Werkstatt, sie gab ihm wortlos den Brief, an ihrem Gesichtsausdruck konnte er sehen, dass es sich um etwas Unangenehmes handeln musste. Jörg las den Brief, dann setzte er sich auf einen Schemel. Auch er war verwirrt und betroffen. Zunächst fehlten auch ihm die Worte.

Aber in wirklich kritischen Situationen bewies er die besseren Nerven, auch jetzt blieb er besonnen, Betty bewunderte ihren Mann ob dieser Charakterstärke. „Lass uns abwarten", meinte er, „ich bin sicher, es war eine Kurzschlusshandlung. Er wird seine Kinder nicht im Stich lassen, niemals. Außerdem ist er alleiniger Mieter, Karen und die Kinder säßen ohne ihn auf der Straße. Sie haben nicht einmal die deutsche Staatsangehörigkeit. Nein, Paskal ist kein Schuft, er wird seine Kinder nicht im Stich lassen. Unmöglich"

„Sollten wir nicht mit Karen reden", meinte Betty immer noch zutiefst aufgewühlt. „Sie weiß bestimmt mehr. Mein Gott, die Ärmste."

Mit Paskals Blumenstrauß und seinen Brief stiegen sie zur Obergeschosswohnung hinauf.

Es war Sonntagvormittag, es dauerte eine Weile, bis Karen die Tür öffnete. Ihrem betroffenen Gesicht war anzusehen, dass sie Bescheid wusste. Die Kinder, notdürftig angezogen, kamen und schauten Betty und Jörg ungewohnt still und irgendwie bedrückt an. Karen musste mit ihnen schon gesprochen haben.

Betty und Jörg wünschten einen guten Morgen und Betty fragte mit Blick auf die Kinder, ob man reden könne.

„Ja, natürlich", meinte Karen und schloss hinter Betty und Jörg die Wohnungstür. Sie bat sie aber nicht in den Wohnraum, sondern blieb mit ihnen im Flur stehen.

„Die Kinder wissen, dass ihr Papa nach Kamerun gereist ist", meinte sie. „Er hat uns einen Brief hinterlassen, in dem er sich von uns verabschiedet hat. Wir haben ihn heute Morgen auf dem Küchentisch vorgefunden."

„Hast du auch einen Blumenstrauß bekommen?", fragte Betty mit bitterer Ironie. „Sozusagen als Trostpflaster?"

Jörg, der bei Weitem emotionsloser veranlagt war wie seine Frau, wollte wissen: „Hat er geschrieben, was er vorhat und wann er gedenkt zurückzukommen? Was weißt du darüber?"

Karin schüttelte bekümmert den Kopf. Die Kinder standen um sie herum und beobachteten abwechselnd die Mutter, dann Betty und Jörg. Dass Papa weg war, war für sie nicht gar so ungewohnt, aber dieses Mal schien es anders zu sein. Das spürte vor allem Anna, was man ihrem aufmerksam besorgten Gesichtchen ansehen konnte. Sie war mit ihrem Vater besonders eng, wussten Betty und Jörg, gerade deshalb hieß es vorsichtig zu sein und sich jedes Wort zu überlegen, um das Kind nicht mehr als nötig zu beunruhigen. Die Zwillinge waren noch zu klein, um zu begreifen, dass Papa womöglich nicht so bald wiederkommen würde.

„Er hatte schlimmes Heimweh und hat es wohl nicht mehr ausgehalten", entschuldigte Karen ihren Verlobten. „Er schreibt, er wird sich melden und Bescheid sagen. Mehr weiß ich auch nicht."

„Okay, warten wir also ab. Aber allzu lange ist das nicht möglich, Karen", mahnte Jörg. „Du wirst wegen der Kinder nicht mehr arbeiten können, das heißt, du musst gleich morgen früh bei deiner Arbeitsstelle Bescheid geben und gegebenenfalls um einen Sonderurlaub bitten müssen. Vielleicht hat sich Paskal auch beurlauben lassen. Du musst auch bei seiner Dienststelle anrufen und dich danach erkundigen, selbst wenn es peinlich für dich sein sollte. Schließlich müssen wir wissen, wie wir dran sind."

Einen Tag später stand Karen mit ihren Kindern vor Antons Wohnungstür, ihrem bekümmerten Gesicht nach hatte sie nichts Gutes zu berichten. Betty stellte die Kaffeemaschine an und holte Jörg aus seiner Werkstatt. Für die Kinder, die bereits auf die Stühle geklettert waren, stellte sie Gläser auf den Tisch und füllte etwas Apfelsaftschorle hinein. Als Jörg kam schenkte er den Kaffee in die Tassen, während Betti für die Kinder Papier und Farbstifte holte und auf dem

Fußboden verteilte, damit sollten sie eine Weile beschäftigt sein.

„Nein, in Paskals Firma wissen sie nichts", meinte Karen gerade leise, als sich Betty zu ihnen setzte. „er hat sich nicht abgemeldet oder einen Urlaub eingereicht. Sein Chef aber meinte, Paskal könne, wenn er innerhalb eines Vierteljahres zurückkommt, seine Arbeit fortsetzen. Dann könnte man seine Abwesenheit als unbezahlten Urlaub werten."

„Das ist überaus tolerant und hochanständig von ihm", meinte Jörg. „Aber ich glaube nicht, dass Paskal solange wegbleiben wird. Hat er sich denn inzwischen bei dir gemeldet?"

„Ja", meinte Karen, „er sagte, er sei gut in Kamerun, im Dorf seiner Mutter angekommen."

Sie nippte an ihrer Tasse und fuhr mit einem Seufzer fort. „Meinem Vater wird es nicht gefallen, wenn er ohne mich und die Kinder heimkommt, er hat für Paskal und seinen Bruder stets gesorgt, als wären sie seine eigenen Söhne. Aber ich wäre auf jeden Fall hiergeblieben, schon wegen der Mädchen. Vielleicht war das ein Fehler."

„Heimgekehrt? Das klingt so endgültig", meinte Jörg. „Und Paskal, was sagt er dazu?"

Karens Handy surrte und ehe es sich Betty versah, hatte sie es am Ohr und hörte die Stimme ihres Mieters, leise, bedrückt, aber deutlich: „Hallo, Betty, wie geht es euch?"

Betty spürte, wie sich ihr Herz zusammenkrampfte, sie war so überrascht, dass es ihr die Sprache verschlug. Gleichzeitig wusste sie, es war die Chance, um etwas zu erfahren. „Wir wollen wissen, Paskal, wann du wiederkommst", fragte sie und musste sich räuspern, denn ihre Kehle war auf einmal völlig trocken. Sie sah Annas große, dunkle Augen fragend auf sich gerichtet, das Kind hörte mit. „Wann gedenkst du wiederzukommen, Paskal", wiederholte sie, wegen des Kindes um einen gefassten Ton bemüht. „Wir müssen es wissen.

„Ich weiß es nicht, Betty", hörte ihn Betty sagen. „Ich bin nicht in der Lage mir darüber Gedanken zu machen. Es geht mir nicht gut."

„Aber wir müssen wissen, wie es weitergehen soll."

„Ich weiß es nicht, ich weiß nur, es geht mir schlecht und dass ich mich in meinem Zustand nicht um meine Kinder kümmern kann."

Betty wollte noch fragen, ob er wohl glaube, Karen und seinen Kindern gehe es gut, allein, in völliger Ungewissheit und ohne die geringste Absicherung? Und wie er sich das mit der Miete vorstelle? Sie ist ihre Altersversorgung und für sie zwingend notwendig, aber Annas große Augen, die aufmerksam auf sie gerichtet waren, unterbanden das. Betti gab Karen wortlos das Handy zurück und Karen reichte es umgehend an Anna weiter.

„Hallo, Papa", sagte Anna mit leiser, ängstlicher Stimme. Dann, in kurzen Abständen: „Ja, Papa, ich weiß." Keine Frage, wann Papa wiederkommen wird, keine Klage, kein Weinen, rein nichts. Dann gab sie ihrer Mutter das Handy zurück und ging zu den Kleinen, die noch mit den Malstiften beschäftigt waren.

Was war los mit dem Mädchen? Stand sie unter Schock?

„Ich fürchte", meinte Betty bedrückt, „mit seiner Rückkehr brauchen wir nicht so schnell rechnen."

Was soll nun werden?

Jörg brauchte zwei Tage, in denen er sich intensiv mit Betty beriet. Dann füllte er ein amtliches Kündigungsschreiben aus, indem er Paskal Dominque formell, mit sofortiger Wirkung die Dachgeschosswohnung in seinem Haus kündigte. Begründung: Paskal Dominque habe seit Mai vergangenen Jahres die Wohnung gemietet. Nun hat er die Wohnung und das Land für unbestimmte Zeit verlassen. Mit seiner Rückkehr oder dass er die Wohnung weiterhin nutzen und bezahlen wird, ist nicht zu rechnen.

März, 2019

Am Abend, als die Kinder schliefen, bat er Karen herunterzukommen, um das nun Anstehende mit ihr zu besprechen.

Als sie kam, unterbreitete er ihr folgendes: „Paskal Domique hat alle Verbindungen, einschließlich die seines Arbeitgebers abgebrochen und ist nach Kamerun gereist. Es ist nicht zu erwarten, dass er trotz seiner drei Kinder in absehbarer Zeit zurückkommen, sein Leben in Deutschland wieder aufnehmen, die Wohnung nutzen und die Miete bezahlen wird. Die fristlose Kündigung liegt als Original bei Herrn Gutmann, dem Steuerberater der Antons, vor. Ein Duplikat wird Paskal Dominque umgehend zugesendet.

Karen Manelly, seine Verlobte und Mutter seiner Kinder, weiß seine Adresse in Kamerun."

Karen erschrak und fragte: „Aber so schnell? Paskal wird wiederkommen. Ganz bestimmt."

„Aber wann, Karen? In einem Jahr oder in zwei Jahren oder gar nicht mehr?", fragte Jörg. „Weißt du, wir sind alte Leute und brauchen die Mieteinnahmen, und zwar zuverlässig. Aber, Karen, wenn du willst können wir dir den Mietvertrag überschreiben, vorausgesetzt du willst es und beantragst umgehend die deutsche Staatsangehörigkeit. Du bist ein Härtefall, Karen, ich kann mir denken, da ist ein sogenanntes Eilverfahren möglich. Du brauchst die deutsche Staatsangehörigkeit, um die nötige Unterstützung zu bekommen, verstehst du? Von was willst du denn sonst leben? Die Miete, der Kindergarten, -die Zwillinge waren bereits in einen der Kindergärten am Ort angemeldet- das Lehrmaterial für Anna, die Kleidung, die Lebensmittel, wer meinst du soll das bezahlen? Euer Versorger hat sich ja leider verflüchtigt. Du bist eine alleinerziehende Mutter von drei Kindern, Karen, und kannst nicht mehr arbeiten, du bist auf schnelle Hilfe angewiesen. Wenn du willst, kann ich dich bei den schriftlichen Dingen unterstützen und dich auf die Ämter begleiten.

Für Karen war das alles zu viel, mit dieser radikalen Reaktion der Vermieter hatte sie nicht gerechnet. Sie schüttelte den Kopf und meinte: „Aber warum so schnell? Wenn Paskal zurückkommt, was dann?"

„Darauf können wir leider nicht hoffen, Karen?", meinte Jörg geduldig. „Paskal weiß ja selbst nicht, wann und ob er überhaupt zurückkommen wird. Wenn wir nicht schleunigst handeln, dann stehst du mit deinen Kindern auf der Straße, denn ihr seid nur Mitbewohner, Karen, Paskal ist der alleinige Mieter der Wohnung. Deshalb müssen wir, falls du hier wohnen bleiben willst, schnell handeln. Wir können dir erst die Wohnung anbieten, wenn wir Paskal offiziell gekündigt haben und du staatliche Unterstützung bekommst. Du musst umgehend einen Eilantrag auf die deutsche Staatszugehörigkeit stellen, in einer Notlage wie der deinen ist das durchaus üblich. Erst wenn du sie hast, kannst du Unterstützung beantragen und wir können dir die Wohnung vermieten, Karen? Falls alles gut geht natürlich."

Karen schaute Jörg niedergeschlagen an, all dies musste ihr wie die sieben Siegel der Weisheit vorkommen. „Oh, mein Gott", meinte sie verzagt, „wie schrecklich kompliziert das alles ist. Aber", fragte sie um Fassung ringend, „wenn man mich und die Kinder nach Kamerun abschiebt, was mache ich dann?"

„Wäre das so schlimm, wenn die Kinder bei ihrem Vater wären?"

Noch während Jörg dies sagte, wusste er, dass es eine törichte Frage war. „Wie auch immer", lenkte er rasch ein, „wie es aussieht, musst du jetzt in aller Eile versuchen, dein Schicksal und das deiner Kinder in die Hände zu nehmen. Wir werden sehen, was sich machen lässt."

Man musste ihr helfen, das war für Betty und Jörg keine Frage. Karen war unverschuldet in diese fürchterliche Misere geraten, man konnte sie schon wegen der Kinder nicht hängen lassen. Allerdings, das war Fanny und Jörg auch klar, wer auf die Beine kommen will, muss das seinige dazu tun. War Karen überhaupt willens und stark genug dazu? Die Mieteinnahmen brauchten sie unbedingt, denn wer helfen will, muss auch in der Lage dazu sein.

„Wenn ich nur mit den Kindern hierbleiben kann, in der Wohnung und bei euch", meinte Karen bekümmert. „Alles andere werde ich schon schaffen. Wenn ich nur mit den Kindern hierbleiben kann."

Um es kurz zu machen, Karen bekam überraschend schnell die deutsche Staatsangehörigkeit und die Unterstützung, die sie brauchte. Jörg konnte ihr die Wohnung überschreiben, somit schien das Schlimmste vorerst gebannt zu sein. Allerdings waren die Leute von der Behörde der Ansicht, dass die Wohnung für vier Personen zu groß sei und Karen, wenn sie wohnen bleiben will, Abzüge der Unterstützung hinnehmen müsse. Karen tat es trotz ihrer geringen Mittel und Betty und Jörg fanden es gut. Es war Karens ureigene Entscheidung, denn alternativ hätte sie mit den Kindern in ein Wohnheim ziehen müssen.

Anna kam weiterhin regelmäßig zu Betty, um mit ihr zu malen oder in die Leihbücherei zu gehen. Betty fragte nie nach ihrem Papa, obwohl sie wusste, dass Anna täglich mit ihm telefonierte. Sie verbannte diesen Mann, der seine Familie so schmählich im Stich ließ und das Vertrauen aller, seines Arbeitgebers, seiner Kollegen und natürlich auch das ihre derart skrupellos missbrauchte, aus ihren Gedanken. Dieser Mann war für sie gestorben, soll er doch bleiben, wo der Pfeffer wächst.

Anna kam in die zweite Klasse. Zu ihrem siebten Geburtstag buk sie mit Betty in deren Küche einen Schokokuchen. Karen konnte nicht backen oder wollte es nicht, sie meinte, in Kamerun gäbe es so etwas wie Geburtstagsfeiern nicht. Schade, fand Betty, an solche Traditionen sollte sie sich aber gewöhnen. Schließlich lebte sie jetzt in Deutschland und da wurden Geburtstage, vor allem Kindergeburtstage gefeiert.

An Annas Geburtstag gingen die Antons zur verabredeten Stunde hinauf zur Dachwohnung, um dem Geburtskind zu gratulieren. Dass sie die einzigen Gäste waren, wussten sie, Anna hatte es Betty gesagt. Trotzdem, Betty fand einen Kindergeburtstag ganz ohne Freunde eine ziemlich traurige Angelegenheit. Sie versuchte ein heiteres Gesicht zu machen, als sie an der Tür ihrer Mieterin klopfte. Jörg neben ihr waren derartige Erwägungen und Gefühle völlig fremd, er hoffte nur, dass er bald wieder zurück in seine vier Wände und in seine Werkstatt konnte.

Sie wurden schon sehnlich erwartet, denn sie brachten den von Anna gebackenen Kuchen und eine volle Kaffeekanne mit, um die sie Karen gebeten hatte. Sie trank gern Kaffee, konnte sich aber keinen leisten, vermutete Betty. Sie legte ihr kleines, hübsch verpacktes Geschenk, auf den hübsch gedeckten Küchentisch. Anna erklärte stolz, sie habe ihn ganz allein gedeckt, Jörg müsse nur noch die Kerze auf dem Tisch anzünden, sie habe vergessen, sich bei Betty Zündhölzer auszuborgen. Neben den Tellern lagen bunte Servietten, oh, ja, Betty und Jörg mussten Anna loben, das hatte sie wirklich fein gemacht.

Betty aber hätte bei Karens offensichtlicher Gleichgültigkeit weinen mögen. Wollte sie ihrer Tochter an diesem besonderen Tag nicht zeigen, dass sie ihr wichtig war?

Am Tisch sitzend reichte man sich die Hände und Betty stimmte ein Geburtstagslied an, eins, das sie halbwegs kannte: „Heute kann es regnen, stürmen oder schnei'n", sang sie beherzt und dichtete dazu, weil sie den Originaltext nicht genau wusste, „denn Anna ist unser liebster Sonnenschein." Anna sang unsicher mit, sie kannte das Lied, so ungefähr. Beim Review aber: „Wie schön, dass Du geboren bist, wir hätten Dich sonst sehr vermisst", musste Betty unwillkürlich an ihren Vater, Paskal Dominque, denken. Vermisste sie ihn? Gerade heute? Wenn es so war, dann verbarg sie es erfolgreich.

Als das Geburtstagsgeschenk ausgepackt war, ein Schmuckperlenset und ein Buch für Leseanfänger mit vielen schönen Farbbildern, und die Kinder sich damit beschäftigten, ergab sich für Betty und Jörg die Gelegenheit mit Karen zu sprechen. Es war nicht zu übersehen, dass sie bedrückt und niedergeschlagen war.

„Wie geht es dir, Karen?", fragte Betty. „Alles gut soweit?"

„Alles gut", meinte Karen und lächelte schmerzlich.

„Was von Paskal gehört?", wollte Jörg wissen, obwohl ihm der Mann inzwischen völlig egal war, aber sicher nicht Karen, wie anzunehmen war. „Geht es ihm inzwischen gesundheitlich und auch sonst gut?"

„Nein", meinte Karen. „Nein, es geht ihm nicht gut. Alles ist schwierig in Kamerun. Es ist nicht einfach für ihn, sich dort etwas aufzubauen."

„Um etwas aufzubauen braucht es Geld", meinte der praktisch veranlagte Jörg, Paskal Dominques finanziellen Verhältnisse konnten nicht gar so rosig sein. „Ich nehme an, dass ist in Kamerun nicht anders als hier oder sonst wo."

„Ich weiß nicht", meinte Karen still und betrachtete ihre Hände auf ihrem Schoß.

„Und dir, Karen, wie geht es dir?", wollte Betty, der Karens niedergeschlagenes Wesen gar nicht gefallen wollte, wissen.

„Gut", meinte Karen und kämpfte plötzlich mit den Tränen. „Unlängst waren Leute da, Beamte, sie haben die Schränke im Bad und im Schlafzimmer durchsucht. Sie glauben wahrscheinlich, Paskal könnte da sein. Außerdem muss ich jeden Cent, den ich ausgebe, aufschreiben und eine Quittung vorlegen, sonst bekomme ich keinen Cent. Das ist doch kein Leben."

Betty erschrak über so viel Naivität und Unzufriedenheit.

„Aber dazu sind sie verpflichtet, Karen", meinte Jörg gelassen wie immer. „Die Steuerbeamten verwalten die Steuergelder der arbeitenden Bevölkerung treuhänderisch, es ist ihre Pflicht zu prüfen, wofür es verwendet wird. Selbst die Steuerbeamten werden von übergeordneter Stelle überprüft. Der Steuerzahler, also wir, erwartet, dass die Steuergelder nicht verschwendet werden. Verstehst du das, Karen?"

Es hatte nicht den Anschein, als ob Karen es verstehen würde.

„Aber, Karen", meinte Betty und versuchte ihren aufsteigenden Groll in Schach zu halten, „bedenke, du hast ein Dach über dem Kopf, deine Kinder können einen Kindergarten und eine Schule besuchen, unabhängig ob es Mädchen sind oder Jungs. Du bist im Krankheitsfall abgesichert. Auch wenn du sparsam sein musst, kannst du dich doch nicht beschweren. Soll ich dir einmal was sagen, Karen, auch wir haben Durststrecken durchstehen müssen. Uns wurde nichts geschenkt, trotz unserer drei Kinder nicht."

Betty und Jörg verabschiedeten sich schnell und gingen, bevor ihnen der Kragen platzte und sie Worte sagten, die ihnen später leidtun würden. In ihrer Wohnung setzte sich Betty erst einmal in ihren Lieblingssessel, um sich zu beruhigen.

Keinen Schimmer von Dankbarkeit oder Bescheidenheit für dass, was erreicht wurde. Hatten sie nicht beide, Paskal und Karen, auch mit Hilfe des deutschen Steuerzahlers studiert? Hatten sie nicht, bevor sich Paskal Dominque aus dem Staub gemacht hatte, ein gutes Auskommen? Hatte Jörg ihr nicht beim Ausfüllen der notwendigen Anträge, zum Beispiel für die deutsche Staatsangehörigkeit und die sozialen Unterstützungen geholfen und sie zu den Ämtern begleitet? Bekommt sie nicht ihre Miete und das Auto bezahlt und dürfen ihre Kinder nicht in die Schule und demnächst in den Kindergarten gehen? Erfährt sie nicht jede erdenkliche Unterstützung?

Ende der Geduld?

Bettys Sympathie und Mitgefühl für Karen sank förmlich auf den Nullpunkt. Aber da waren die Kinder, die armen, verlassenen Kinder. Vor allem Anna, sie musste den Vater besonders schmerzlich vermissen. Brauchen Kinder nicht einen Vater, zumindest eine starke Person, zu der sie aufblicken können und die ihnen Sicherheit und Selbstbewusstheit fürs Leben gibt?

Das Verhältnis zu Karen kühlte vor allem bei Betty merklich ab, und auch ihre Toleranz gewissen Dingen gegenüber. Zwar ertrug sie, so wie ihr Mann auch, das Toben und Lärmen über ihren Köpfen, aber als die Kinder mit Rollschuhen durch die Wohnung polterten, was sich unten wie ein mittelschweres Gewitter anhörte, verbot es Jörg. Und als die Biotonne wieder einmal bis zum Deckel von Maden wimmelte, musste Betty mit deutlichen Worten klarstellen, dass weder Fleisch- noch Wurstreste in eine Biotonne gehören. Zudem sei es eine Verschwendung und angesichts der vielen hungernden Menschen auf der Welt unmoralisch, Brot, Brötchen, Gemüse und teures Obst wegzuwerfen. Das könne man locker weiterverwenden, außerdem gibt es einen Kühl- und einen Gefrierschrank.

Karen war so betroffen ob Bettys Zurechtweisungen, dass sie kaum ein Wort der Verteidigung fand.

Und als eines Morgens aus Karens gelben Kunststoffsäcken, die zum Abholen auf dem Bürgersteig standen, übelriechende und unansehnliche Brühe hervor sickerte und sich auf dem Bürgersteig ausbreitete, da reichte es Betty wieder einmal. Hatte sie es denn mit einem Kleinkind zu tun, das man erziehen muss? Sie überwand ihren Ekel, stülpte neue Säcke über die feucht-stinkenden, lief danach mit ordentlichem Ärger im Bauch die Treppe hinauf und pochte kräftig an die Tür ihrer Mieterin. Sie hörte die Kinder hinter der Tür. „Ich bin es, Betty", rief sie. „Könnt ihr eure Mama holen? Ich muss mit ihr reden."

Es dauerte, Bettys sowieso schon überstrapazierte Geduld wurde auf eine harte Probe gestellt. Endlich öffnete Karen in Leggins und einem T-Shirt die Tür und schaute Betty verschlafen und verwundert an. Offensichtlich kam sie gerade aus dem Bett.

„Komm mit", meinte Betty kurz angebunden und lief die Treppe hinunter. „Ich muss dir was zeigen."

„Du darfst keinesfalls halbvolle Flaschen oder Dosen in die gelben Säcke werfen", erklärte sie so ruhig, wie nur möglich, als sie vor den Säcken standen. „Schau dir nur die Schweinerei an. Meinst du, wir können ein paar Takte reden? Jetzt gleich? Ich mach' uns Kaffee."

Oben in der Wohnung war es still, also gingen sie in Bettys Küche. Jörg war nicht zu sehen, das war gut.

Betty setzte sich nicht zu Karen, als die am Esstisch sitzend an ihrer Kaffeetasse nippte, dazu war sie viel zu aufgebracht. „So geht es nicht, Karen", meinte sie, sich um einen ruhigen Ton bemühend. „Ich erwarte von dir, dass du deine Wohnung und das Treppenhaus in Ordnung hältst. So steht es in der Hausordnung. Du solltest sie mal lesen."

56

„Aber ich putzte die Wohnung vier- oder fünfmal am Tag", verteidigte sich Karen gekränkt. „Und einmal werde ich auch müde, dann kann ich einfach nicht mehr."

„Du kannst putzen so viel du willst", meinte Betty heftig, „wenn deine Kinder während sie essen und trinken herumtoben, dann hilft dir das herzlich wenig. Man kann Kinder an feste Essenszeiten gewöhnen, weißt du, und zwar am Küchentisch. Deine Kinder naschen zu viel, ständig haben sie Süßigkeiten in der Hand, wie sollen sie da Lust auf gesundes Essen bekommen. Um ihren Süßigkeitsbedarf zu decken kannst du zum Beispiel Obstkompotte und Quarksüßspeisen machen und dabei deine Obstreste verwerten, anstatt sie wegzuwerfen. Wie ich gesehen habe, packst du die Teller der Kinder viel zu voll, da vergeht ihnen ja schon von Vornherein der Appetit, das rumgematschte Zeug kannst du dann allerdings wegwerfen. Ehrlich gesagt, bei der Verschwendung stellen sich mir die Haare zu Berge. Und du beklagst dich, dass du jeden Cent umdrehen musst?"

Wenn Betty etwas hasste, dann waren es bevormundende Moralpredigten, aber in diesem Fall musste Tacheles geredet werden und zwar bevor ihr Zorn verraucht war

Der Herbst kam und Weihnachten, aber nicht Paskal Dominque. Der hatte längst eine andere Frau, war anzunehmen.

Betty erinnerte sich an Paskals auffallend schöne Cousine, die an Silvester mit einem jungen Mann zu Besuch da war.

Sie war um so vieles hübscher gewesen als Karen und studierte, wie Betty glaubte sich zu erinnern, in Mannheim oder Heidelberg Reise-Journalismus oder etwas ähnliches. Hatte Paskal nicht erzählt, dass sein Onkel wollte, dass er sich Karen annahm und er ihm dankbar sein müsse? Dann allerdings hätte er seine Dankbarkeit ernster genommen, als notwendig gewesen wäre.

Und wenn nun diese andere, die schöne Cousine, seine große Liebe war? Wenn er ihr folgte, als sie nach ihrem Studium nach Kamerun zurückkehrte? Wenn dem so war, dann war er wahrscheinlich längst mit ihr glücklich verheiratet. Er könnte mit ihr in Kamerun eine neue Existenz aufgebaut und sogar Kinder mit ihr haben.

Und seine Kinder hier in Deutschland? Hatte er sie vergessen? Waren sie ihm egal? Oh, dieses Scheusal. Er wird sich auf die Gutmütigkeit seiner früheren Vermieter verlassen haben und auf den deutschen Sozialstaat, der Kinder nicht verhungern lässt? Womöglich, nein, ganz bestimmt hatte er diesen Schritt, nach Kamerun zurückzukehren, von langer Hand kaltschnäuzig und berechnend geplant. Betty fielen die vielen Haushaltsgeräte, die Waschmaschine, der Trockner und die Spülmaschine ein, die er verschickt hatte. Sie waren nicht für seine Familie bestimmt gewesen, sondern für ihn selbst.

Die Pandemie

Mit dem Frühjahr kam Corona. Die Pandemie brach in China aus und breitete sich rasch über die ganze Welt aus.

Die erste Welle brachte das Gesundheitswesen an seine Grenzen und die Wirtschaft fast zum Erliegen, aber Deutschland meisterte die Pandemie im Vergleich zu anderen Ländern relativ gut. Im Sommer glaubte man das Schlimmste überstanden zu haben, aber nach der Ferienzeit kam mit den Urlaubern, die aus Spanien, Italien, der Türkei und anderen Ländern zurückkehrten, die zweite, größere Welle. Die Zahl der Infizierten und Toten stieg rasant an, vor allem in den Großstädten, wo sich die Jugend und nicht nur sie auf den Straßen und Plätzen wieder getroffen und gefeiert hatten. Der bisherige Erfolg, die Pandemie in Grenzen zu halten, schien verspielt, die strengen Sicherheitsmaßnahmen mussten wieder eingeführt werden. Märkte, Messen und Vergnügungsparks wurden geschlossen, das Feiern verboten, in Innenräumen durften sich nicht mehr als fünfzig, dann nur noch zwanzig und weniger Menschen treffen. Die Hotels, Lokale, Reisebüros und Friseure, bei denen fast keine Ansteckungen gemeldet wurden, durften vorerst unter strengsten Sicherheitsmaßnahmen weiterarbeiten, eine nochmalige Schließung hätte für viele das Aus bedeutet. Die Firmen, die sich gerade von der ersten Welle erholt hatten, konnten sich erneute Einschränkungen nicht leisten, vor allem jene nicht, die vom Import und Export abhingen. Viele mussten ihre Angestellten kurzarbeiten lassen oder entlassen oder gingen pleite. Auch der größte Arbeitgeber im Land, die Flughansa, kam in schwere finanzielle Turbulenzen, die meisten Flugzeuge mussten am Boden bleiben. Die Menschen demonstrierten, auf ihren Bannern und Plakaten stand, dass sie ein normales Leben mit sportlichen Aktivitäten, mit

Kinos, Konzerten, Veranstaltungen, Theatern und so weiter wollten. Aber auch Ärzte und Krankenschwestern protestierten über zu große Belastung und Einschränkungen. Die Regierenden warben um Verständnis, in erster Linie müsse, hieß es, die Pandemie eingedämmt werden, damit die Kinder wieder in die Kindergärten und Schulen gehen können, unter allergrößten Vorsichtsmaßnahmen natürlich. Noch steige die Zahl der Infizierten und Toten kontinuierlich, nicht nur in Deutschland, vor allem im Ausland. Man warte auf einen Impfstoff, Virologen und Wissenschaftler arbeiten weltweit fieberhaft daran.

Betty und Jörg zogen sich während der zweiten Pandemiewelle weitgehend zurück, was nicht sonderlich schlimm für sie war, denn jetzt, im Herbst, gab es im Haus und im Garten viel zu tun. Einkaufen gingen sie einmal in der Woche, Jörg zum Fleischer und Betty zum Lebensmittelmarkt, das Abstandhalten und die Maskenpflicht waren dort obligatorisch. Mit der Familie, den Freunden und Bekannten hielt Betty per WhatsApp oder Telefon regen Kontakt

Der Kontakt zu ihrer Mieterin und den Kindern brach fast gänzlich ab.

Aber dass die Kinder unruhig waren und immer quengeliger wurden war nicht zu überhören. Auch nicht, dass sie des Nachts oft zornig und anhaltend weinten. Kein Wunder, dachte Betty, Karen schottete sich gänzlich ab, sie verließ kaum noch mit ihnen die Wohnung.

Gelegentlich dachte Betty daran, hinaufzugehen und nach dem Rechten zu schauen, aber dafür fand sich kein ausreichender Grund.

Als es eines Sonntagvormittags an ihre Wohnungstür klopfte, erübrigte sich das, denn als Betty die Tür öffnete stand Anna davor und schaute sie betreten an.

„Hallo, Anna", grüßte Betty sie freundlich. „Was gibt's denn

„Hallo, Betty", meinte Anna sichtlich verlegen. „Lisa hat den Küchenschlüssel vom Balkon geschmissen. Kannst du ihn bitte holen?"

„Warte einen Augenblick", meinte Betty und ging zur Terrasse hinaus. Anna wartete derweil im Treppenhaus.

Auf der Terrasse lag kein Schlüssel oder sonstiger Spielkram, der gewöhnlich herunterkam. Sogar ein Blumentopf samt Erde und Pflanze landete schon auf ihrer Terrasse, von gelegentlichen Gießwassergüssen ganz abgesehen. Auf entsprechende Ermahnungen folgten meist Frage- und Antwortspiele, weshalb Betty es nicht mochte, wenn sie etwas hinunterwerfen, sie kann ja zurückbringen, was sie nicht haben wollte. Auch wenn Betty zu solchen Spielen nicht zu haben war, so bekamen die Kinder doch, was sie sich erhofften, nämlich ein wenig Aufmerksamkeit.

Dieses Mal aber schien es etwas anderes zu sein, denn wenn der Schlüssel nicht auf der Terrasse lag, dann musste er ins Gesträuch oder gar in den Weiher gefallen sein, worin er wohl bleiben und endgültig verschwinden würde.

„Tut mir leid, Anna", meinte Betty, als sie zu Anna zurückgekehrt war. „Auf unserer Terrasse liegt kein Schlüssel."

„Aber wir brauchen den Schlüssel. Mama ist in der Küche und kann nicht heraus."

„Oh, je", meinte Betty, „das ist nicht gut."

Mittlerweile waren auch die Zwillinge die Treppe heruntergekommen, Betty hatte immer noch Mühe, sie zu unterscheiden. „Wer von euch hat denn den Schlüssel heruntergeworfen", fragte sie freundlich.

„Ich", behaupteten beide stolz.

„Lisa hat ihn hinuntergeworfen", verriet Anna.

„Lisa", versuchte es Betty, „überlege bitte ganz genau, wenn es gescheppert hat, dann muss der Schlüssel auf unsere Terrasse gefallen sein. Wenn es aber geplatscht hat, dann könnte er in den Weiher gefallen sein. Hast du aber gar nichts gehört, dann könnte er in die Büsche gefallen sein. Was hast du also gehört?"

Die Zwillinge schauten Betty groß an, Lisa lachte, vermutlich aus Verlegenheit oder weil sie die Sache spaßig fand. Dann rannte sie die Treppe wieder hinauf. Ihre Schwestern blieben mit bedrückten Gesichtern stehen und schauten Betty fragend und hilfesuchend an.

Betty musste innerlich schmunzeln, die Kinder, wie sie so schuldbewusst dastanden, taten ihr zwar leid, aber eine kleine Lektion schadete ihnen gewiss nicht. Vielleicht würden sie nun vorsichtiger sein mit dem Herunterwerfen, was zu hoffen gewesen wäre. „Oh, je", meinte sie und wiegte bedenklich den Kopf, „was machen wir denn da? Hoffentlich ist der Schlüssel nicht im Weiher gelandet, dann würde er für immer im Schlick versinken. Am besten ich komme mit euch hoch und spreche mit eurer Mama."

Betty stieg mit den Kindern im Schlepptau die Treppe hinauf, Lisa, die Täterin, begrüßte sie heiter. Wegen der Mutter, die in der Küche eingeschlossen war, schien sie nicht sonderlich besorgt zu sein.

Betty stieg über das herumliegende Spielzeug, lauter billiger Plunder, stellte sie nebenbei fest, und klopfte an die Küchentür. „Hallo, Karen", sagte sie, „ich bin es, Betty. Dein Küchenschlüssel liegt nicht auf unserer Terrasse. Hast du ein Handy zur Hand, dann könntest du einen Schlüsseldienst rufen. Die Nummer kann ich dir geben."

„Nein, ich habe kein Handy", hörte Betty Karens Stimme jenseits der Tür. „Ruf du bitte einen Schlüsseldienst an."

„Aber du weißt, Karen, das wird einiges kosten. Zumal heute am Sonntag."

Betty wollte klarstellen, dass dieses Mal Karen allein für die Kosten aufkommen müsse. Nicht wie das letzte Mal, als der Abfluss ihrer Waschmaschine verstopft war und ein Handwerker den Abfluss durchpusten musste. Die Rechnung hatte Jörg übernommen, sie war ziemlich hoch gewesen. Das ging auf Dauer nicht, das wurde langsam zu teuer. Den Toilettenabfluss neulich, den irgendein Lappen verstopft hatte, konnte Jörg zum Glück selbst in Ordnung bringen.

„Ich weiß“, ließ sich Karens Stimme vernehmen, „trotzdem, ruf bitte einen Schlüsseldienst an.“

Die Kinder standen herum und verfolgten mehr oder weniger besorgt den Dialog zwischen Betty und ihrer Mutter. Eins der Zwillinge, Lisa wahrscheinlich, sie war momentan die lebhaftere, sprang munter auf der Couch herum.

Betty wollte es den Kindern nicht allzu einfach machen, sie sollten eine Lehre aus dieser prekären Situation ziehen. „Das war ja eine ganz schlaue Idee“, meinte sie tadelnd, „die Mama einzusperren und dann den Schlüssel über den Balkon zu werfen. Was macht ihr jetzt ohne Mama? Wer soll jetzt für euch kochen?“

„Du“, krähte Lisa und hielt kurz mit dem Hopsen inne.

„Aber Lisa, mit was soll ich denn kochen? Du hast doch die Küche zugesperrt.“

Da hätte Lisa durchaus eine Idee gehabt, schließlich hatte Betty auch eine Küche, eine viel schönere als die ihre sogar. Sie schaute Betty erwartungsvoll an, aber die kam anscheinend nicht auf diese Idee. Ihr Vertrauen zu Betty und zur großen Schwester schien grenzenlos zu sein. Und zu Jörg, dem Retter aus allen Nöten. Wo war er eigentlich?

Betty versuchte noch einmal den Schlüssel auf der Terrasse und im Umfeld zu finden. Der kleine, dicht mit Algen und Seerosen bedeckte und mit Wurzelwerk durchzogene Froschweiher direkt vor der Terrasse jedoch würde nichts mehr so schnell freigeben. Was einmal darin verschwand, blieb bis zur nächsten Grundreinigung verschwunden. Also

64

schleunigst den Schlüsseldienst anrufen, die Kinder waren schon viel zu lange in einem bangen Zustand, zumindest Anna. Betty suchte im Telefonbuch eilig die Nummer des ortsansässigen Schlüsseldienstes und rief dort an, aber es war Sonntag und es antwortete nur der Anrufbeantworter. Langsam wurde die Lage brenzlig. Betty suchte Jörg und fand ihn in seinem Büro. Sie schilderte ihm kurz die Situation.

„Diese verrückte Rasselbande", schimpfte Jörg, „ich glaube es nicht. Geh rauf, Betty, und frag' Karen, ob wir einen auswärtigen Schlüsseldienst auftreiben sollen. Sag ihr aber, dass das richtig Geld kosten wird, das muss sie wissen. Derweil versuch ich draußen noch einmal mein Glück."

Also ging Betty wieder hoch und fragte Karen, die notgedrungen immer noch hinter der Küchentür ausharrte, dass der Schlüsseldienst am Ort heute nicht erreichbar sei und ob einer von Auswärts kommen solle. Karin wollte es, wahrscheinlich war ihr schon alles egal.

Da kam Jörg, den Schlüssel triumphierend in der Hand schwingend, die Treppe herauf. „Er lag zwischen den Rosenstauden", meinte er sichtlich erleichtert, denn eins war klar, auch dieses Mal hätte er Karen nicht allein auf den Kosten sitzen lassen können. Aber ihre Gören sollten mit nun fast vier Jahren schon kapiert haben, dass Mutwilligkeit Folgen hat.

„Ich werde umgehend Sicherheitsgriffe an deine Türen anbringen lassen", meinte er, als Karen endlich befreit, aber sichtlich am Ende ihrer Nervenkraft war. „Dann kann auf Schlüssel weitgehend verzichtet werden und deine Kinder können nicht mehr unbemerkt auf die Straße hinunter laufen."

„Aber, Karen", mahnte Betty, der Zeitpunkt dafür schien ihr günstig zu sein, „du musst mit den Kindern rausgehen, eine Stunde am Tag wenigstens, und zwar bei jedem Wetter. Ich muss sagen, meine Kinder wären gestorben, wenn ich sie derart eingesperrt hätte, wie du es mit deinen Kindern tust. Dir würde es übrigens auch nicht schaden.

„Aber die Ansteckungsgefahr ist doch zu groß", meinte Karen, viel zu erleichtert, um über die unüberhörbare Rüge gekränkt zu sein.

„Na, und", meinte Betty. „Auf den betonierten Feldwegen können die Kinder prima Rollschuhlaufen oder Roller- oder Radfahren, da triffst du kaum jemanden. Glaub mir, du tust deinen Kindern und dir selbst einen großen Gefallen damit."

„Und uns auch", dachte Jörg und warf den Kindern einen tadelnden Blick zu. Die schienen den Schrecken schon vergessen zu haben und waren mit ganz anderen Dingen beschäftigt.

Betty und Jörg gingen und hofften auf einen nun ungestörten Sonntag.

Die Bildergeschichte

Der Spätsommer war trocken und heiß. Zwar ging Karen, wie von Betty empfohlen, nun mit ihren Kindern nach draußen, immer gegen Abend, wenn es angenehmer wurde, aber es fiel ihr schwer, das war ihr anzusehen. Auch den

Kindern machte es wenig Spaß auf menschleeren Spielplätzen rumzuhängen oder auf betonierten Feldwegen mit den Rollschuhen immer die gleichen, einsamen Runden zu drehen. Betty sah es und versuchte ihre Ausflüge ein wenig interessanter zu machen, indem sie sich von den Kindern schöne Steine, hübsche Federn, Schneckenhäuser, Zapfen, Eicheln und dergleichen mitbringen ließ. Zur Belohnung dafür erhielten sie von Betty Gummibärchen und die Einschätzung, von welchem Vogel die Feder, von welchem Baum der Zapfen, das Blatt oder die Eichel herstammen könnte. Jedes Kind erhielt ein Glas mit seinem Namen darauf, worin es seine Schätze verwahren konnte, sie wurden im Schuhregal auf der Eingangsterrasse untergebracht. Das klappte eine Weile recht gut, aber allmählich verlor auch das seinen Reiz und alles blieb beim Alten.

Karen ging es nicht gut, sie hatte nicht einmal mehr Lust ihren Briefkasten regelmäßig zu leeren, aus seinem Schlitz quollen oft die Reklamezettel und Regionalzeitungen hervor. Sie saß lieber, wie Betty annahm, wenn es oben allzu lange still blieb, mit den Kindern auf der Couch und flocht ihnen rund um ihre Krausköpfchen Zöpfchen mit bunten Schleifen, während am riesigen Bildschirm kitschige Filme liefen. Eine unnütze Zeitverschwendung, dachte Betty ärgerlich. Zugegeben, es war ungewöhnlich schwül und heiß, selbst jetzt im September noch, die seltenen, aber heftigen Gewitterregen und Stürme brachten kaum Abkühlung, aber war das ein Grund sich derart mit den Kindern abzuschotten?

„Andrerseits", dachte Betty, „war es nicht auch verständlich, wenn sich eine junge Frau, die man schmählich im Stich ließ und sich einsam fühlt, sich wie in ein Schneckenhaus zurückzieht? Musste das wundern, gerade jetzt, in der Pandemie? Selbst wenn Paskal Dominque jeden Tag anrufen und über das WhatsApp Bilder von sich und wer weiß von wem oder was sonst noch schicken sollte, so konnte das den Mann und den Vater nicht ersetzen."

Betty hörte einmal zufällig, wie die Kinder oben auf dem Balkon Mutter und Kinder spielten. Mutter und Kinder, und was ist mit dem Vater? Hatten sie ihn vergessen oder sich mit ihrer Situation abgefunden? Die Zwillinge vielleicht, aber Anna?

Vor allem sie tat Betty leid. Anna musste die Traurigkeit der Mutter voll mitbekommen und sich womöglich tagtäglich über das WhatsApp die lächerlichen Ausflüchte ihres Vaters anhören. Die Hoffnung, dass er wiederkommen würde, musste jeden Tag neu in ihr aufkommen und wieder enttäuscht werden. Wie erträgt ein achtjähriges Kind das in einem derzeit einsamen Leben ohne Spielgefährten?

Als in der letzten Ferienwoche eines Nachmittags Anna an die Wohnungstür klopfte und fragte, ob sie zum Malen kommen dürfe, da war Betty sofort einverstanden, sie hatte schon selbst mit diesem Gedanken gespielt. „Was willst du denn malen, Anna?", fragte sie, als sie mit ihr in ihr Atelier, wie sie ihr Arbeitszimmerchen gern nannte, ging. Denn dort befanden sich nicht nur ihre Malutensilien, -Betty malte für die Geschichten, die sie seit ihrem Ruhestand verfasste, Bilder- dort bügelte sie auch und nähte, reparierte, verkürzte und verlängerte mittels ihrer nostalgischen Nähmaschine alles, was von der Familie gewünscht wurde und was nötig war.

„Ich weiß nicht", meinte Anna unsicher.

„Was hältst du von einer Bildergeschichte?", fragte Betty. „Lass es uns einfach mal versuchen."

Druckerpapier von früheren Inventuren, -Betty und Jörg betrieben vor ihrem Ruhestand ein Spiel- und Bastelgeschäft- war noch genug vorhanden, die Protagonisten, sprich Helden der Geschichte, schnell gefunden. Anna, wahrscheinlich von irgendwelchen Zeichentrickfilmen im Fernseher inspiriert, entschied sich für eine Katze und eine Maus. Der Schauplatz ihrer Geschichte sollte ein Schloss sein.

„Hm, ein Schloss also?", wollte es Betty genauer wissen. „Eins, indem ein König, eine Königin und Königskinder wohnen? Oder soll es eher eine Burg sein, in der ein Graf, eine Gräfin und deren Kinder wohnen?"

Anna überlegen einen Moment, dann entschied sie sich für eine Burg."

Okay, der Anfang war gefunden und Anna konnte loslegen. Zuerst die Burg. Betty skizzierte auf einem Blatt eine Burg, wie sie ungefähr sein könnte, mit einer Burgmauer, mit Türmen, auf denen Fahnen wehen, mit einem Burgtor und auf jeden Fall mit einem Burggraben. Anna malte ihre eigene Burg mit großer Hingabe, wenn es schwierig wurde, half und beriet sie Betty ein wenig. Die Burg war fertig und musste belebt werden. Sollten die zwei Helden, die Maus und die Katze also, in einer Gruft ein Gespenst aufspüren und es erlösen? Darüber wären der Graf und seine Familie sicher sehr froh. Nein, das fand Anna zu gruselig. Dann lieber einen wilden Drachen verjagen, der in der Burg sein Unwesen treibt. Also in gleicher Weise wie vorher bei der Burg, Betty skizziert einen wilden Drachen und Anna malt ihren eigenen. Und nun die Frage, wie den Drachen aus der Burg verjagen? Allein schien das unmöglich zu sein, der Drache ist furchtbar wild und spuckt Feuer, wenn er gereizt wird. Wie wäre es, wenn sich alle Tiere im Burggraben zusammentun würden? Es sind Wölfe darunter, Wildkatzen, Ratten, Mäuse, eine Eule, Schlangen und Spinnen. Mit einer Tierpyramide vielleicht und mit viel Krach. Mit den Flaschen, den Blechdosen, Ästen und allem Möglichen, was so im Graben landete, könnte man es probieren. Aber der Drachen ist sehr gefährlich, wird das reichen, um ihn zu vertreiben.

Zum Glück ist der Drache nicht sehr klug, er fällt auf den Schwindel herein und verschwindet auf Nimmerwiedersehen.

Und so grübelten und sinnierten sie und zeichneten jeden Tag ein neues Bild. Am Wochenende war eine nette Bilderfolge entstanden und Betty hatte einiges erfahren, was Anna in ihrer kindlichen Unbefangenheit hätte besser nicht ausplaudern sollen. Zum Beispiel, dass ihr Lieblingsessen Burger mit Mayo und Pommes sei, Mama hole sie immer von Mac Donald, dort gibt es die besten, denn dort gibt es immer Spielsachen umsonst. Als Betty einwandte, dass Burger mit Mayo und Pommes nicht besonders gesund sind, meinte Anna, dass sie aber gut schmecken, viel besser, als wenn Mama kochen würde.

Anna ging wieder in die Schule und die Kleinen in den Kindergarten. Betty verfasste zu Annas Bildern einen kleinen Text und Jörg band die Blätter zu einem kleinen Büchlein zusammen. Das Ergebnis konnte sich sehen lassen.

Auch wenn Anna relativ gern in Schule ging, so war sie doch wenig begeistert, wie sie Betty in ihrer Unschuld verriet, wenn sie erst am späten Nachmittag als eines der letzten Kinder von Mama abgeholt wurde. Das Essen in der Schule, meinte sie, sei gut, es gab Frühstück, Mittagessen und am Nachmittag Tee, Obst und Brötchen oder Brezeln. Auch die Kleinen wurden erst um drei Uhr nachmittags vom Kindergarten abgeholt und so fragte sich Betty, was Karen wohl den lieben, langen Tag so machte. Und als sie Karen einmal im Treppenhaus antraf, sprach sie sie direkt darauf an. Man würde von ihr verlangen und erwarten, meinte Karen, dass sie arbeiten ginge und sie hätte auf dem Arbeitsmarkt nur eine Chance, wenn die Kinder möglichst lange in der Schule und im Kindergarten blieben. Derzeit lerne sie in Einzel- und Gruppensitzungen, wie man Bewerbungsschreiben verfasst, wie ein Vorstellungsgespräch geführt wird und wie man sicher und selbstbewusst auftritt.

„Na, toll", dachte Betty grimmig, „darf es sonst noch etwas sein, Madam? Vielleicht eine Ernährungsberatung? Bei Karens Leibesumfang sicher nicht verkehrt. Oder vielleicht ein Selbstverteidigungskurs für alleinerziehende, überforderte Mütter?

Das Karen recht rundlich geworden war, war kein Wunder, sie bewegte sich ja kaum noch, sie ging nur noch raus, wenn es unbedingt sein musste. Sie war oft müde und antriebslos und hatte schlimme Kopfschmerzen, so dass sie oft liegen und sich ausruhen musste. Allerdings schien sie der Tumult, den ihre Kinder zumindest am Wochenende veranstalteten, wenig zu stören.

Es war ein Trauerspiel. Vor allem am Wochenende tobten die Kinder und rannten oft stundenlang mit Begeisterung den Wohnungsflur rauf und runter um die Wette, der Flur bot sich mit seinen fast fünf Metern Länge prächtig dafür an. Und wenn es endlich still war, dann war es für die zwei unten eine Erholungspause. Dann saß Karen mit größter Wahrscheinlichkeit mit ihren Kindern auf der Couch, vor dem überdimensionalen Bildschirm, der von morgens bis abends lief, und flocht ihnen rund um die Krausköpfchen fantasievolle Gebilde.

Es war nicht mit anzusehen, aber was konnte, was sollte man tun? Betty erwägte das Jugendamt anzurufen, denn mit dieser Frau, die ständig Kopfweh hatte, meist müde war und sich nicht genug um ihre Kinder kümmern konnte, stimmte etwas nicht. Vielleicht hatte sie Depressionen und fühlte sich fremd, unverstanden, einsam und verlassen. Wäre das ein Wunder?

„Vielleicht wäre es besser", dachte Betty, „wenn sie zurück ginge nach Kamerun, zu ihrer Familie."

Sie nahm Rücksprache mit Jörg, der aber hielt nichts davon, das Jugendamt einzuschalten. „Wozu?", meinte er gelassen wie immer. „Den Kindern wäre damit nicht geholfen. Solange die Miete eingeht, sollte das nicht primär unsere Sorge sein. Aber ich schätze, wenn Karen nicht bald eine Arbeit findet, wird sie die Wohnung wohl aufgeben müssen. Die Sache wird sich über kurz oder lang von selbst erledigt haben, fürchte ich."

Er hatte recht, was sollte das Jugendamt schon ausrichten, die Kinder waren überaktiv, wild und ohne strukturelle Erziehung, aber das war Privatsache und hatte niemanden, auch das Jugendamt nicht, zu interessieren. Außerdem wäre Karens Vertrauens zu ihnen erschüttert gewesen, das wäre weder für die Kinder, noch für Karen, noch für sie selbst, den Vermietern, gut gewesen.

„Mein Gott, ja", dachte Betty, „es fehlt eben der Vater. Er fehlte, selbst wenn er ein mieser Lump ist. Wäre er doch in seinem schwarzen Land geblieben und nie aufgetaucht."

Es war nun das dritte Jahr, dass er weg war. Seine Rechnung, sich auf den Sozialstaat Deutschland und auf die Mitmenschlichkeit seiner Vermieter zu verlassen, war voll aufgegangen. Aber bodenloser Egoismus zahlt sich nicht aus, früher oder später wird er die Rechnung dafür präsentiert bekommen.

Das hoffte Betty jedenfalls. Sie wünschte ihm die Krätze an den Hals.

Zweiter Teil

Endlich Zuhause.

Zukunftsträume

Paskal Dominque hatte nicht vor zurückzukommen. Selbst wenn er es gern getan hätte, der Weg zu seinen Kindern war ihm verwehrt. Wahrscheinlich für immer.

Denn Paskal Dominque hatte Schulden in Deutschland, und zwar ziemlich hohe Schulden, die er kaum in absehbarer Zeit würde zurückzahlen können, was er auch nicht vorhatte. Er hatte von seiner Bank so viel Kredit aufgenommen, wie er nur bekommen konnte, er brauchte es für einen Neuanfang in Kamerun. Für die Antons, seinen Vermietern, hatte er eine Monatsmiete im Voraus überwiesen, damit war sein Gewissen den alten Leuten gegenüber ein wenig beruhigt. Er hoffte, dass sie sich seiner Familie gegenüber weiterhin so human zeigen würden, wie sie es bisher getan hatten. Antons waren gute Leute, es tat ihm in der Seele leid sie enttäuschen zu müssen, aber er konnte sie unmöglich in seine Pläne einweihen, sie hätten ihn nicht verstanden. Kein Deutscher würde ihn je verstehen. Antons werden Karen helfen, sie werden die Kinder nicht aus der Wohnung werfen, soweit hatte er sie kennengelernt. Und Karen wird es schaffen, denn es wird ihr nichts anderes übrig bleiben. Und dem deutschen Staat gegenüber brauchte er kein schlechtes Gewissen zu haben,

Deutschland hatte Kamerun in der Kolonialzeit ausgebeutet wie eine Zitrone. Deutschland war reich.

Auf dem zwölfstündigen Flug hatte Paskal genug Zeit, um seine Lage noch einmal gründlich zu überdenken. Das aufgenommene Geld würde locker für ein ordentliches Stück Ackerland reichen, möglichst in der Nähe seines Heimatdorfes Reptiese, in dem seine Mutter wohnte, denn auch ihretwegen zog es ihn nach Hause. Er würde einen Traktor, eine Egge und einen kleinen Transporter mit einer offenen Ladefläche brauchen, aus Kostengründen aus zweiter Hand, aber in gutem Zustand, dafür würde er als studierter Industrie-Qualitätsprüfer schon sorgen. Er brauchte gute Landarbeiter, starke Männer, mit denen er sein Land urbar machen und bestellen konnte und eine Hütte bauen, groß genug für eine Familie mit vielen Kindern. Er brauchte gutes Saatgut, vielleicht auch eine Wasserleitung zum nahen Sanaga-Fluss, um in den Trockenzeiten das Land ausreichend bewässern zu können. Auch die Zeit bis zum ersten Ernteertrag musste überstanden werden.

Paskal wollte ökologisch anbauen, darüber hatte er sich gründlich informiert. Auch wenn es seines Wissens noch kein Bauer in Kamerun versucht hatte, so lag es doch nahe. Kameruns Böden waren im Süden fruchtbar, die gerodeten Pflanzen würden allein schon als natürlicher Dünger ausreichen, die Schafe, Rinder und Schweine, die er halten wird, werden mit ihrem Dung und dem Grasen das Übrige tun. Er wird vorrangig Teff-Getreide kultivieren, aus Teffmehl gebackenes Brot schmeckt vorzüglich, Paskal hatte es in Deutschland am meisten vermisst. Er wusste, Teffmehl gewann auch in Europa immer mehr an

Bedeutung, denn es ist bei Weitem bekömmlicher als das hochkultivierte, leere Weizen- und Roggenmehl. Er wird Feigen- und Olivenbäume anbauen, zwischen denen sein Vieh grasen kann, und Thymian, Holunder, Salbei, Kümmel und Arzneipflanzen, die vor allem der Kameruner Bevölkerung zugutekommen sollten. Arzneipflanzen und Palmenöle sind weltweit gefragt, hatte er erfahren.

Paskal war froh den Schritt nach Hause endlich gewagt zu haben, lange genug hatte er gezögert und mit sich gekämpft. Wäre er länger im kalten Deutschland geblieben, er wäre innerlich erfroren. Es gab dort zu viel Zurückweisung, Ausgrenzung, herablassende Freundlichkeit und Unverständnis, das war so und würde auch so bleiben, egal was man machte und wie viel man erreichen würde. Seine Mädchen werden in Deutschland wie exotische Zootiere bestaunt und belächelt, in seinen Albträumen sah er sie wie Äffchen kreischend über den Tisch, die Couchlehne und die Sessel turnen. Wenn er dann mit einem Schrei hochfuhr, neben sich die fest schlummernde Karen sah und eins der Zwillinge nebenan im Kinderzimmer schreien hörte, ging er hinüber und beruhigte es. Mit dem Heimweh wurde sein Kopfweh immer stärker, oft konnte er nicht zur Arbeit gehen oder war zu sonst etwas fähig. Nein, er musste, wenn er nicht verrückt werden wollte, nach Hause gehen, nach Kamerun, dem Land seiner Väter, in das kleine Dorf in der Sanaga- Ebene. Hier war er aufgewachsen und verwurzelt, hier lebte seine Familie seit Urzeiten, hier konnte er Bauer sein, so wie er es schon immer wollte, noch war es nicht zu spät dafür; und hier war Marion, seine große Liebe. Viel zu lange war er von ihr getrennt gewesen, weil es der Onkel, dem er verpflichtet war, so wollte.

Seine Mutter Rita wusste von seinem Elend, sie hatte ihn ermutigt nach Hause zu kommen. Die modernen Gerätschaften, die er schickte, standen gut abgedeckt in einem Schuppen und warteten auf ihn.

Seine Mutter wusste, dass er heimkommen würde und zwar ohne Karen und die Kinder. Sie fand es gut, denn Karen war ihrer Meinung nach keine gute Frau, mit ihr konnte Paskal nicht glücklich sein. Rita nahm es ihrem Bruder Sebastian insgeheim übel, dass er Paskal, als er ihn nach Deutschland schickte, seine wenig attraktive Tochter aufgezwungen hatte. Von Anfang an hatte sie gewusst, dass das nicht gut gehen konnte, eine Mutter spürt so etwas. Aber sie musste schweigen, denn sie war eine Frau.

Als Paskal spät abends im Dorf Reptiese eintraf, waren so gut wie alle Bewohner auf den Beinen.

Er war mit dem Bus bis nach Ramese gefahren und von dort aus auf der Straße, sie war noch immer so uneben und löchrig wie früher, nach Hause marschiert.

Man hieß ihn willkommen und behängte ihn lachend und singend mit einem Olivenkranz. Sein Bruder Gabriel war da und Eduard, einer seiner einstigen Schulfreunde, beide inzwischen gestandene Männer. Seine Mutter meinte, sie arbeiten beide auf Onkels Sebastians Kaffeeplantage.

Paskal durfte sich an einem Trog mit frischem Wasser und mit Mandelöl-Seife, ein seltener Luxus, erfrischen und

78

danach inmitten der Dorfgemeinschaft ein fröhliches Willkommensmahl einnehmen. Zu seiner Begrüßung hatte man Lammfleisch über einem Grillfeuer knusprig gebraten, Bananen und Kürbisse leicht geröstete, mit Bienenhonig bestrichen und mit Teffbrot gereicht. Paskal hatte gerade das würzige Teffbrot sehr vermisst in der Fremde.

Ortsvorsteher Antonio war älter geworden, stellte Paskal gerührt fest, aber noch immer so rührig wie damals. Sein Enkel Sylvain, inzwischen ein hübscher junger Mann, setzte sich zu Paskal und erzählte, dass er ein Wildhüter geworden sei und im Auftrag des Staates Wilddieben nachstelle. Das sei ein wichtiger und gefährlicher Job, bei dem es nicht selten zu blutigen Zusammenstößen käme, meinte er gewichtig, aber die Arbeit mache Spaß, auch wenn sie nicht übermäßig gut bezahlt wird.

Auch die alte Isabell, die Kräuterkundige, war da, sie lächelte Paskal mit ihrem zahnlosen Mund freundlich zu, nur ein schwarzer Zahnstumpf war ihr geblieben. Sie alle waren Paskal vertraut und lieb, er fühlte sich in ihrer Mitte glücklich und aufgehoben. Sogar Langohr, den Esel, sah er noch in seinem Verhau stehen und seelenruhig an einem Heuballen knappern, wenn auch sein Fell ein wenig ruppiger und grauer geworden war. „Aber", dachte Paskal schmunzelnd, „die Gärtchen der Frauen wird er wohl nicht mehr zertrampeln, wenn man ihn über Gebühr ärgert."

Es wurde gelacht und gescherzt, man fragte Paskal, wie es so ist in Deutschland, ob die Städte wirklich so prachtvoll und hektisch und die Menschen so stolz, hochmütig und reich wären, wie man sich erzählt. „Oh, ja", bestätigte es

Paskal, „genauso ist es." Einer erzählte, dass Oskar, einer von Paskals früheren Schulfreunden, bald nach Paskal nach Deutschland gegangen sei und dort sogar geheiratete habe, eine deutsche, weiße Frau, was erstaunlich sei, denn in Deutschland darf ein Mann nur eine einzige Frau besitzen. Theobald, Paskals anderer Schulfreund, habe eine Weile im Holzhafen von Duala gearbeitet und sei dann wohl an Bord eines Containerschiffs gegangen, das nach Rotterdam ging. So jedenfalls stand es in dem Brief, den er seiner Mutter hatte zukommen lassen. Was aus ihm geworden ist, weiß man nicht, man hört nichts mehr von ihm.

Eine junge, hübsche Frau reichte ihm lächelnd eine Schale Honigmost. Als sie sich zu ihm setzte, erkannte Paskal Sabrina, das einzige Mädchen im Dorf, das damals mit den Jungs in die Schule gehen durfte. Schon damals war sie ein bemerkenswertes Mädchen gewesen.

„Hallo, Paskal", meinte sie, ihm zuprostend. „Schön, dich zu sehen."

Sie tranken ein paar kleine Schlucke, der Most war stark und wollte langsam genossen werden. Dann schauten sie einander lächelnd an. „Was hast du jetzt vor, Paskal? Willst du hierbleiben?", fragte sie.

„Ja, Sabrina, ich bleibe hier. Ich werde ein Stück Land kaufen und mich in der Landwirtschaft versuchen. Ich will biologisch und naturschonend anbauen, weißt du. Ich will es unbedingt versuchen, auch wenn es bisher noch kein Bauer gemacht hat."

Sabrina, bemerkte Paskal, war auf eine sanfte, natürliche Weise schön und anmutig. Sie hatte feine, ebenmäßige Gesichtszüge, nur wenn man ihr ganz nah war, so wie er jetzt, konnte man die schwachen Linien auf ihrer linken Wange sehen, die noch vom Unglück herrührten. So wie damals, als kleines Mädchen, hatte sie auch jetzt ein luftiges, hübsches Tuch um den Kopf geschlungen, das ihr Gesicht sanft umschmeichelte. Wie damals trug sie auch jetzt einen wadenlangen, locker fallenden Rock und eine bis zu den Hüften reichende, kragen- und ärmellose Bluse. Ihre nackten Waden und Füße, die in leichten Sandalen steckten, ihr Hals und ihre Nackenpartie, die schlanken Arme und die feingliedrigen Hände verrieten einen makellosen Körper.

Sabrina spürte seinen prüfenden Blick und meinte lächelnd: „Oh, ja, die Narben, sie waren lange ein großes Problem für mich. Zum Glück haben mich Karen und Marion stets verteidigt und in Schutz genommen, wenn ich deshalb gehänselt wurde, sie waren meine besten Freudinnen. Wie du weißt, haben wir zusammen das Mädcheninternat in Saare besucht. Ich habe danach in Jaunde, an der „Rudolf Manga Bell" Universität studiert. Nach einer Vorlesung hatte mich eines Tages mein Professor gefragt, ob er mich seinem Freund, Professor Dr. Zappo, einem sehr erfahrenen Gesichtschirurgen, vorstellen darf. Nun, ja, ich war einverstanden. Dieser Gesichtschirurg hat sich meiner Narben angenommen, er hat sie gelasert und geglättet, bis sie beinahe verschwunden waren."

Sabrina strich mit ihrer schlanken Hand prüfend über ihre Wange und meinte lächelnd: „Sie sind kaum noch zu spüren. Allerdings war die Behandlung nicht umsonst, ich musste einwilligen, dass bei der wochenlangen Prozedur Studenten zuschauen dürfen, um vom Professor zu lernen. Ich bin Lehrerin geworden, Paskal, und unterrichte in Jaunde, im „Rudolf Manga Bell" Gymnasium Gesellschaftslehre und Naturwissenschaften. Mein Fachgebiet ist Anthropologie, also die Wissenschaft vom Menschen. Mit Marion treffe ich mich übrigens regelmäßig, sie arbeitet gleichfalls in Jaunde, in einem Reisebüro. Dort organisiert sie unter anderem Ausflüge und begleitet und betreut Touristen auf den Expeditionen durchs Land. Sie ist verheiratet, wie du vielleicht weißt."

„Aha." Paskal bekam einen trockenen Hals und musste schlucken, ausweichend meinte er. „Und du, Sabrina? Wer ist der Glückliche, der dich bekommen hat? Du weißt schon, dass ich in der Schulzeit unsterblich in dich verliebt war? Aber das waren wohl alle."

„Nun, ich bin nicht verheiratet, Paskal, das würde sich nicht mit meiner Überzeugung und Philosophie vereinbaren. Ich setze mich für die Rechte der Kameruner Frauen ein, weißt du. Jedes Mädchen soll ein Recht auf Bildung haben, soll studieren oder einen Beruf erlernen dürfen, egal ob es arm oder reich ist. Frauen sollen die gleichen Bürgerrechte bekommen wie die Männer, dafür setze ich mich ein, Paskal. Ich bin nicht allein, wir sind viele Frauen."

„Ein wahrlich hehres Ziel", meinte Paskal leicht amüsiert und doch beeindruckt von der Begeisterung, mit der sie es sagte.

„Oh, ja, Paskal", meinte Sabrina, Paskals leichte Ironie geflissentlich überhörend, „aber der Einsatz lohnt sich. Wir

82

sind schon zu viele, um überhört zu werden, wir haben schon gute Erfolge erzielt. Heutzutage besuchen deutlich mehr Mädchen eine Schule und eine Universität, wie noch vor zehn Jahren. Sie bekommen solide Ausbildungen, anstatt als halbe Kinder verheiratet zu werden. Aber nun zu dir, Paskal, wie erging es dir in Deutschland? Wie geht es Karen? Wann wird sie mit den Kindern nachkommen? Ihr habt drei wunderhübsche Mädchen, nicht wahr. Die jüngeren sind Zwillinge, hat man mir gesagt? Ich freue mich für dich und darauf, sie kennenzulernen."

Daran aber wollte Paskal nicht denken. Er war endlich daheim, das spürte er mit jeder Faser seines Körpers, mit jedem Pulsschlag. Er würde sich eine Zukunft aufbauen, wie er sie schon immer gewollt hatte, ohne den Ballast des Irrweges, der ihm aufgezwungen wurde. Sein wirkliches Leben konnte dort ansetzen, wo es vor zehn Jahren aufgehört hat. Jetzt konnte es beginnen.

Am nächsten Morgen fuhr Paskal mit Gabriel und Eduard zur Farm seines Onkels, um sich dort bei ihm zurückzumelden. Gabriel lenkte den kleinen Laster, mit dem sie auch gekommen waren, und erzählte ein wenig über die gegenwärtigen, hiesigen Verhältnisse. Er sei inzwischen die rechte Hand des Onkels, erzählte er stolz, und Eduard der erste Vorarbeiter. Das fand Paskal gut, obwohl sich ein heimlicher Neid bei ihm einschlich, allzu sehr hatte er sich gewünscht, wie sie beim Onkel lernen und arbeiten zu dürfen. Schließlich fragte er nach dem, was ihm am meisten am Herzen lag, er fragte nach Marion. Gabriel erzählte, während er das Vehikel geschickt um die größten Schlaglöcher herum manövrierte, dass sie in Jaunde bei einer Reisegesellschaft beschäftigt sei und nur noch selten nach Hause komme, um dem Vater bei seinen Abrechnungen und der Buchführung zu helfen. Außerdem sei sie, wie Paskal sicher weiß, mit Marcel Osnasa verheiratet. Marcel habe mit Marion zusammen in Heidelberg studiert, von daher müsste Paskal ihn eigentlich kennen.

Oh, ja, Paskal kannte Marcel Osnasa, Marion hatte ihn stets dabei, wenn sie zu Besuch kam, aber ihr Lächeln, ihre Blicke hatten nur ihm, Paskal, gegolten. Sicher, Marcel ist der Sohn und Erbe des reichen Farmers Osnasa, Besitzer von riesigen Bananenhainen und Maisfeldern, er lässt seine Ware sehr gewinnbringend nach Übersee verschiffen, das war bekannt. Und nun gehörte diesem reichen, nichtssagenden Kerl auch Marion. Sie musste doch bemerkt haben, dass er sie seit frühester Kindheit liebte. Paskal konnte seine Enttäuschung kaum verbergen, was seinem Bruder nicht entging. Gabriel meinte, ihn nachsichtig bedauernd anschauend: „Sie waren schon zusammen, als sie nach Deutschland gingen. Wusstest du das nicht?"

Wie auch immer, er würde Marion nicht aufgeben, niemals. Er war sich absolut sicher, sie hatte die gleichen Gefühle für ihn, wie er für sie.

Vorerst aber würde er dem Onkel erklären müssen, warum er ohne seine Tochter Karen zurückgekommen ist, das könnte unangenehm werden. Nach seinen Enkeltöchtern würde er kaum fragen, war anzunehmen.

84

Die Fahrt durch den Busch dauerte etwa fünfunddreißig Minuten, dann fuhr Gabriel durch eine kleine Palmenallee und hielt den Geländewagen vor einem ebenerdigen, weitflächigen, weißen Bungalow, dessen ziegelbedecktes, großzügiges Walmdach auch eine Doppelgarage überspannte, an. Die Männer stiegen aus dem Laster und Gabriel meinte, dass der Onkel um diese Zeit gewöhnlich in seinem Büro zu finden sei. „In der rechten Garage steht Onkel Sebastians Auto, ein Volkswagen neueren Modells", meinte er augenzwinkernd. „In der anderen stehen unsere Fahrräder. Du weißt schon, die wir damals von Onkel Sebastian bekommen haben, um in die Schule zu fahren. Sie sind ein wenig eingestaubt, aber ansonsten in Ordnung. Eins davon kannst du für die Rückfahrt nehmen."

„Es sei denn Onkel Sebastian stellt dich auf der Stelle ein und du bleibst hier", meinte Eduard lachend. „Dann werde ich dich unter meine Fittiche nehmen. Glaub mir, Paskal, das wäre kein Spaß für dich."

Lachend verabschiedeten sie sich. Die beiden gingen ihren Tagesgeschäften nach und Paskal begab sich in das Büro seines Onkels.

Sebastian Manelly saß gewichtig und respekteinflößend hinter seinem Mahagoni-Schreibtisch und war offensichtlich sehr beschäftigt, seinen Lieblingsneffen, falls er es noch war, übersah er vorerst. Er telefonierte, ließ diesen und jenen kommen, gab Anweisungen und besprach sich mit verschiedenen Leuten.

Paskal hatte Gelegenheit den Onkel ein wenig zu studieren. Er war ein wenig fülliger geworden, schien ihm, sein kurzes, krauses Haupthaar, der ebensolche Vollbart und die dichten Brauen, einst rabenschwarz, waren nun mit Silberfäden durchzogen. Die Linien auf seiner Stirn und den Nasenflügeln hin zu den Mundwinkeln waren härter geworden, die Augen rotgeädert, was von einer Übermüdung herrühren mochte. Aber sonst schien Onkel Sebastian noch derselbe zu sein wie eh und je, voller Energie und Tatenkraft.

Als er Paskal endlich wahrnahm, zog er überrascht tuend die Brauen hoch, natürlich hatte er schon von Paskals Ankunft erfahren, Sebastian Manelly erfuhr alles, und fragte barsch: „Was machst du hier? Solltest du nicht in Deutschland, bei deiner Frau sein?"

„Guten Tag, Onkel Sebastian", grüßte Paskal und versuchte seinen aufsteigenden Trotz zu unterdrücken. „Ich habe in Deutschland mein Studium mit einem Bachelor beendet, so wie du es gewollt hast, somit bin ich ein diplomierter Qualitätsprüfer für technische Anlagen aller Art. Ich habe als solcher einige Jahre in Deutschland gearbeitet und praktische Erfahrungen gesammelt. Nun bin ich zurück, so wie wir es besprochen haben, wie du sicher noch weißt. Du wirst dich erinnern, dass du gesagt hast, in Kamerun werden Facharbeiter und Ingenieure gebraucht, nun, hier bin ich und will mein Wissen für unser Land einsetzen. Ich habe mein Diplom dabei, willst du es sehen? Es ist gut, du wirst zufrieden sein. Übrigens, deine Tochter Karen wollte partout nicht mitkommen, sie wollte mit den Kindern in Deutschland bleiben. Es war ihre Entscheidung, man muss es akzeptieren. Wir sind nicht verheiratet, wie du weißt."

86

„Ob nun verheiratet oder nicht, lieber Neffe, bei uns bestimmt immer noch der Mann, was getan wird", brummte Manelly ärgerlich. „Was wären das für neue Sitten, die Götter bewahren uns davor. Nun zeig mir schon das Papier, auf das du offenbar so stolz bist."

Paskal reichte dem Onkel das Diplom-Zertifikat, der nahm es entgegen, warf Paskal noch einmal einen kritisch tadelnden Blick zu und vertiefte sich darin. Nachdem er dies ausgiebig getan hatte, gab er es Paskal mit ausdruckslosem Gesicht zurück. Oh, ja, ohne Frage, er war beeindruckt, aber Angesichts der Verfehlungen, die sich sein Neffe erlaubt hatte, war er weit davon entfernt, es zu zeigen oder gar ein Lob auszusprechen. Sein Neffe, der wirklich allen Grund zur Dankbarkeit hat, hatte es nicht einmal für nötig befunden, sich mit ihm abzusprechen, wenn er vorhat heimzukommen. Das wäre das Wenigste gewesen, was man hätte erwarten können. Dass er Karen, seine Tochter, nicht geehelicht hat, nun, das war verzeihbar, aber nicht, dass er nur Mädchen mit ihr gezeugt hatte. Er hätte ihm alles verziehen, wenn er einen Jungen mitgebracht hätte, einen Erben. Er war enttäuscht von diesem Neffen, den er so unterstützt und in den er so viel Hoffnung gesetzt hatte. „Nun gut", meinte er etwas versöhnlicher gestimmt, „aber du weißt hoffentlich, dass du in Zukunft nicht mit meiner Unterstützung rechnen kannst. Die hast schon zur Genüge bekommen, nicht wahr?"

„Sicher, Onkel", meinte Paskal und steckte das Kuvert mit dem Diplom zurück in die Innentasche seiner Jacke. „Die brauche ich auch nicht. Ich habe genug Geld für einen guten Start. Ich will mich als Bauer versuchen, Onkel Sebastian, als Bio-Bauer, eigentlich wollte ich das schon immer. Aber ich werde deinen Rat brauchen, Onkel Sebastian. Den wirst du mir sicher nicht verwehren, oder?"

„Um Bauer zu werden, hätte ich dich nicht für viel Geld nach Deutschland zum Studieren schicken brauchen", brummte Sebastian Manelly.

Als Paskal das Büro verlassen hatte, schimpfte er immer noch vor sich hin. „Bio-Bauer will er werden, was für eine Schnapsidee", brummte er unwillig. Er holte aus einer flachen Holzschachtel eine Kuba-Zigarre, schnitt sie gekonnt an, ließ ein silbernes Feuerzeug aufflammen und brachte damit die Zigarrenspitze zum Glimmen. Dann lehnte er sich in seinem Sessel zurück, schloss die Augen und sog genüsslich an seiner Havanna. „Na schön, mein Junge", dachte er entspannt, „stoß dir ruhig die Hörner ab. Du willst es nicht anders. Rita hätte halt zu mir auf die Farm kommen sollen, dann hätte ich mich besser um die Jungs kümmern können und alles wäre gut. Außerdem hätte ich Rita gut im Haus brauchen können, stattdessen hockt sie dickköpfig, wie sie nun mal war, immer noch in diesem vergessenen Dorf, in dem sie ihr Mann mit den Jungs abgestellt hatte, und züchtet Rosen. Ach, ja, mit den Weibern ist es auch nicht mehr so wie es einmal war. "

Das eigene Land

Schon am nächsten Morgen fuhr Paskal mit dem Fahrrad durch den Busch nach Ramese, dem etwa zehn Kilometer entfernt liegenden, größeren Ort. Dort stieg er in ein

Sammeltaxi und fuhr damit nach Jaunde, Kameruns Hauptstadt. Dort suchte er das Landratsamt auf, in der Absicht, ein Stück Land zu beantragen und zu erwerben.

Im Landratsamt schickte man ihn in die Amtsstube für Landvergabe, Landvermessung und, vor allem für Neu-Landwirte, Anträge für finanzielle Unterstützung, was allerding, wie Paskal wusste, wenig Erfolg versprach.

Paskal musste seine Geburtsurkunde vorlegen und einige Papiere ausfüllen, in denen er unter anderem Angaben über die Größe und die Lage des Landes darlegen musste, das er beabsichtigte zu erwerben. Ihm schwebte für den Anfang ein etwa zwanzig Hektar großes Land in der Sanaga-Ebene vor, denn dort war der Boden gut, es gab wenig zu roden und Wasser war ausreichend vorhanden. Das wesentliche aber war, das sich das Dorf Reptiese, in dem seine Mutter und die Menschen seiner Kindheit lebten, dort befand.

Paskal musste noch einige Fragen beantworten, zum Beispiel, was er gedenke auf dem Land, das er erwerben will, anzubauen. Dann wurde er gebeten in einem Warteraum, in dem schon einige Männer saßen, die Entscheidung über seinen Antrag abzuwarten.

Er wartete eine geraume Zeit, Paskal störte es nicht. Er wusste, sobald er die Besitzurkunde des ihm zugeteilten Landen in Händen halten wird, würde es keine ruhige Minute für ihn mehr geben. Er würde einen Traktor, einen Pflug und eine Egge kaufen, aus zweiter Hand womöglich, denn er musste sparsam mit seinem Geld umgehen, aber im gutem Zustand, dafür würde er schon sorgen, schließlich war er diplomierter Qualitätsprüfer für technische Geräte.

Tüchtige Landarbeiter zu bekommen dürfte kein Problem sein, drei oder vier sollten für den Anfang reichen. Mit ihnen würde er das Land, sein Land, roden, pflügen, eggen und besäen. Paskal träumte mit offenen Augen von diesem, seinem Land in der fruchtbaren Sanaga-Ebene. Er glaubte das leise Rauschen des hohen Grases zu hören, durch das ein leichter Wind wehte und es wie ein grünes Meer wogen ließ. Er sah Wacholderbüsche, Kirschlorbeerstauden, knorrige Kiefern und wilde Olivenbäume wie Inseln daraus hervorragen.

Er wurde aufgerufen und in ein Amtszimmer gebeten, wo er sich vor einem dicken Schreibtisch setzen musste. Dahinter eine ältliche, männliche Amtsperson mit einer gewichtigen Brille auf der Nase. Vor ihm auf dem Schreibtisch lagen ausgefüllte Anträge, Paskal sah, dass es die seinen waren und fühlte plötzlich, wie ihm heiß und bang wurde. Seine Hände wurden feucht, er fürchtete, dass sie gleich zu zittern anfangen würden und legte sie auf seine Oberschenkel, um es zu verhindern.

„Nun, Herr Dominque", meinte die Amtsperson und blickte ihn durch seine Hornbrille prüfend an, „wie ich sehe, haben sie die deutsche Staatsangehörigkeit. Sie sind Deutscher und damit ein Ausländer. Als solcher können Sie kein Land in Kamerun erwerben. Wussten Sie das nicht?"

„Nein, das wusste ich nicht", meinte Paskal mit belegter Stimme. „Aber ich bin gebürtiger Kameruner. Ich bin im Dorf Reptiese geboren, es liegt etwa zehn Kilometer von Ramese entfernt. Dort bin ich auch in die Schule gegangen. Ich habe in Deutschland studiert, weil es mein Onkel so wollte. Mein Onkel heißt Sebastian Manelly und besitzt eine große Kaffeeplantage und eine Kaffeerösterei. Er beschäftigt viele Leute."

„Schön und gut, Herr Dominque", meinte der Beamte unbeeindruckt, „aber Sie haben nun einmal die deutsche Staatsbürgerschaft, deshalb können Sie kein Land erwerben."

„Aber ich brauche das Land", meinte Paskal und wischte sich mit dem Handrücken über die Stirn. Ihm war heiß geworden, trotz des großen Ventilators an der Decke, der für etwas Luftzirkulation sorgte. „Ich muss es noch vor der Regenzeit bebauen", drängte er, „länger kann ich nicht warten, meine Mittel sind begrenzt. Natürlich werde ich schnellstens die Kameruner Staatsangehörigkeit beantragen. Vielleicht könnte ich schon vorab ein Grundstück bekommen, damit mir nicht zu viel wertvolle Zeit verloren geht."

„Schon seltsam, nicht wahr", entgegnete der Beamte und legte seine Stirn in missbilligende Falten, „die Staatsangehörigkeiten zu wechseln wie Hemden, nach Belieben und Nutzen. Na, ja, wenn sie ein Mindestalter von einundzwanzig Jahren haben, und das haben Sie ja offensichtlich, sich in Deutschland haben nichts zuschulden kommen lassen, also nicht wegen eines Delikts, zum Beispiel wegen Schulden oder Steuerhinterziehung strafrechtlich gesucht werden, und wenn Sie in Kamerun eine Bürgschaft vorweisen können, dann müsste das in relative kurzer Zeit, auf jeden Fall noch vor der Regenzeit möglich sein. Die Unterlagen dafür bekommen Sie im

Erdgeschoss, im Einbürgerungsbüro. Mit der Einbürgerung wird Ihnen automatisch die deutsche Staatsangehörigkeit aberkannt. Die Gebühr dafür beträgt derzeit fünfhundert Franc, meines Wissens.

Paskal war vor Enttäuschung wie gelähmt. Im Erdgeschoss fand er das Büro für Einwanderer und Neubürger. Er zögerte, wenn er nun die Kameruner Staatsangehörigkeit beantragte, wird man dann nicht in Deutschland von ihm erfahren, von seinen nicht zu knappen Schulden? Nicht nur auf der Bank, womöglich würde er auch für die inzwischen vom deutschen Staat geleisteten Leistungen seinen Kindern und deren Mutter gegenüber eintreten müssen, für die Miete zum Beispiel. Er hatte keinen Job mehr in Deutschland und ohne Job konnte er keinen Cent zurückzahlen. Wenn er in Kamerun kein Land bekommt und sich eine Zukunft aufbauen kann, was konnte er dann tun? Sollte er es trotzdem wagen, die Kameruner Staatsangehörigkeit zu beantragen und dabei Gefahr zu laufen, an Deutschland ausgeliefert zu werden? Er wusste, dort machte man mit säumigen oder unwilligen Schuldnern kurzen Prozess. Genau genommen war er nirgends willkommen und nirgends erwünscht. War das der Preis, weil er sein Land verlassen und damit verraten hatte? War das die Strafe der Ahnen.

Paskal ging zu dem Platz, auf dem die Sammeltaxen ihre Passagiere aufnehmen. Er stieg in einen der verbeulten Kleinbusse, auf dessen Schild über der Windschutzscheibe zu lesen war, dass er auch Ramese anfuhr.

Die Fahrt war holprig und dauerte Stunden, die Metallsitze hatten keine Federung und waren eine Zumutung für jedes Rückgrat. Paskal aber spürte es nicht, sein junger Körper regulierte automatisch die unsanften Stöße und Schwingen. Er war so sehr in seinen trüben Gedanken versunken, dass er kaum von dem Geplauder der Mitfahrer etwas mitbekam oder wenn der Bus anhielt und Leute ein- und ausstiegen. Er nickte ein und sah sich zurückkehren nach Deutschland, ja, er wollte alles ins Lot bringen, egal, wie schwer es sein würde. Er sah seine Kinder, sie freuten sich ihn zu sehen, vor allem Anna. „Was hast du uns mitgebracht, Papa?", fragten sie.

Paskal schreckte hoch. Der Bus stand, draußen waren Hütten zu sehen, neben ihm hatte sich ein dicker Mann gesetzt. Der Bus ratterte weiter.

„Anna", dachte Paskal, „ach Anna, was soll ich nur machen?" Wenn er sie meist gegen Abend mit dem Handy anrief und ihr Bilder von ihrer Großmutter Rita, den Dorfbewohnern, dem Dorf mit dem Backofen und von sich selbst schickte, sagte sie nicht viel, aber die Frage, „wann kommst du zurück, Papa?", war untergründig immer zu spüren. „Wann kommst du zurück, Papa?" Er konnte ihr nicht sagen, dass er nicht zurückkommen wird, stattessen versprach er, zurückzukommen sobald es geht und er viele Geschenke mitbringen wird. „Hab' nur ein bisschen Geduld, Anna", meinte er jedes Mal. „Sei tapfer und fleißig in der Schule, dann wird alles gut. Ich verspreche es." Was sonst sollte er auch sagen?

Karen würde sich bestimmt freuen, ihn zu sehen, aber Betty und Jörg, seine ehemaligen Vermieter?

Sie mussten sich von ihm hintergangen fühlen, das war deutlich zu merken gewesen, als er versuchte mit ihnen zu telefonieren. Ihnen unter die Augen zu treten, dazu war er nicht bereit. Noch lange nicht.

„Ach Anna, mein Mädchen, was soll ich nur tun?", fragte er sich wieder. „Wenn ich dich je wiedersehen sollte, dann wirst du groß sein. Das ist der Preis, den ich zu bezahlen habe. Die Geister der Ahnen sind nachtragend, sie vergessen nichts.

Sollte er den Onkel um Hilfe bitten? Er könnte bestimmt viel bewirken. Nein, nein, diese Demütigung wird er sich nicht antun. Aber mit Marion musste er reden. Davon hing alles ab.

Die Söhne der Zweitfrau

Reptiese heißt so viel wie Stätte der Reptilien. Das gleichnamige Dorf liegt abgelegen an den Ausläufern des südlich gelegenen Kameruner Berglandes, nah am Fluss Sanaga. Es beherbergt etwas zwanzig Familien, meist Frauen, Kinder und Männer, die zu schwach oder zu alt waren, um auf den Plantagen der Farmer zu arbeiten oder in den Häfen Bananen oder Holz zu verladen. Von den jungen, kräftigen Männern ließ sich kaum einer im Dorf blicken, sie wohnten gewöhnlich bei ihren Erstfrauen, bei denen sie mehr Annehmlichkeiten und Komfort hatten wie im Dorf und sie es außerdem nicht weit zu ihren Arbeitsstätten hatten.

Reptiese wird von wild wuchernden Brombeersträuchern und dichten Lorbeerbüschen umgeben, durch die sich Windrosen winden. Größere Raubtiere verirren sich selten im Dorf, und wenn doch, dann werden sie, bevor sie Schaden anrichten können, von den Männern mit Gewehrschüssen verjagt oder getötet. Auch mit den Schlangen, die sich ins Dorf verirren, wird kurzer Prozess gemacht, mit ihren Häuten bespannen die Trommelbauer die zu dem Zweck ausgehöhlten Bambusstämme. Die Trommeln, jede mit ihrem eigenen Klang, werden ausschließlich für spirituelle Zwecke benutzt.

Ein breiter Weg führt aus dem Dorf hin zu einer Landstraße, die durch den Busch nach Ramese, dem nächst größeren Ort führt. Ein Fremder findet selten den Weg in dieses abgeschiedene, versteckte Dorf.

Paskal Dominque wurde hier, in einem der aus selbstgebrannten Ziegeln erbauten und mit Sanaga-Gras bedeckten Hütten geboren. Er war der erste Sohn seiner Mutter Rita, sein Bruder Gabriel kam ein Jahr nach ihm zur Welt. Unter der zärtlichen Obhut der Mutter und in der Geborgenheit der Dorfgemeinschaft verbrachten die Brüder ihre ersten Lebensjahre glücklich und unbeschwert. Den Vater kannten sie kaum, er kam selten mit einem Motorrad vorbeigerattert, um die Mutter zu besuchen. Für seine beiden Söhne hatte er kaum einen Blick, sie waren ihm nicht wichtig. Auch den beiden Jungs blieb der Vater zeitlebens fremd.

Paskals Mutter Rita zog in ihrem eingezäunten Gärtchen Rosen, so wie die anderen Frauen im Dorf Tomaten, Bohnen, Erbsen, Erdbeeren und dergleichen zogen. Wenn sie ihre sorgsam gebundenen Rosensträuße in den Handkarren gepackt und sich von ihren Kindern liebevoll verabschiedet hatte, und sie mit dem Handkarren auf dem breiten Weg zur Landstraße hin verschwand, um auf dem Wochenmarkt von Ramese ihre Rosen zu verkaufen, war Paskal nie besorgt, dass sie nicht wiederkommen könnte, selbst wenn es Tage, manchmal sogar eine Woche dauerte. Und wenn sie dann zurückkam, war die Freude groß, dann wurde sie von den Dorfbewohnern ausgefragt, was es Neues gäbe im Umland, und Rita wusste dann immer viel zu erzählen. Zudem brachte sie dringend benötigtes Teffmehl, Hefe, Zucker, Salz, Annanasse, Bananen, Orangen und dergleichen mit, vor allem aber Honigbonbons. Deshalb wurde sie vor allem von den Kindern immer voller Ungeduld erwartet.

Aber nicht nur wegen der Honigbonbons und ihrer freundlichen Art war Paskals Mutter Rita beliebt, sie war die Schwester von Onkel Sebastian. Das machte sie zu einer sehr angesehenen Person.

Onkel Sebastian

Onkel Sebastian kam regelmäßig ins Dorf, um an der Hütte seiner Schwester kleine Reparaturen vorzunehmen, eigentlich kümmerte er sich um das ganze Dorf. Zum Beispiel entsandete er mit Antonio, dem alten Ortsvorsteher, den Brunnen und half die Blechdächer der Hütten gegen das lange, kräftige Gras der Sanaga-Ebene auszutauschen. Das Gras war kräftig, kostenlos und immer verfügbar und brauchte lediglich geschnitten werden, was die Burschen und Mädel im Dorf übernahmen und eine willkommene Abwechslung für sie war. Onkel Sebastian schickte dann einen seine Arbeiter mit einem kleinen, rostigen Laster, der das Gras ins Dorf brachte. Das Decken der Dächer mit den mit Hanfseilen gebündelten, langen, kräftigen Grasbüscheln übernahm die Dorfgemeinschaft selbst. Die Dorfbewohner waren begeistert von den Grasdächern, sie meinten, sie sorgen für ein angenehmes Klima in den Hütten.

Onkel Sebastian brachte meist etwas mit, einmal war es sogar ein richtiger Lederball für die Jungs, er zeigte ihnen, wie man damit Fußball spielt. Das machte ihn so beliebt, dass man ihn am liebsten zum zweiten Ortsvorsteher gemacht hätte, Antonio, der amtierende Ortsvater, war schon alt und ungelenk, er hätte nichts dagegen gehabt. Onkel Sebastian jedoch lehnte gerührt ab, er meinte, seine Plantagen und Röstereien ließen ihm keine Zeit dazu. Rita, Paskals Mutter, war stolz auf ihren Bruder, von seiner Beliebtheit profitierten sie und auch ihre Söhne.

Auch für die Erwachsenen brachte Onkel Sebastian gelegentlich etwas Nützliches mit. Einen schönen, großen

Eisenkochtopf zum Beispiel, in dem Reis, Bohnen und Linsen für das ganze Dorf gekocht werden konnte. Ein andermal war es eine kräftige Ziege, Ziegen waren ein großer Segen, denn sie sind genügsam und geben gute Milch.

Als er Mister Langohr, den jungen Esel mit den großen Ohren mitbrachte, löste das besondere Freude aus, denn man konnte ihn mit Holz und sonstigem beladen. Zum Beispiel konnte Rita, wenn sie ihre Rosensträuße nach Ramese zum Markt brachte, ihn vor ihren Karren spannen. Mit Mister Langohr war sie nicht mehr allein auf ihrem langen Weg durch den Busch.

Mister Langohr war ein Segen, er war ungewöhnlich anhänglich und lieb, er musste weder angebunden werden, noch brauchte er ein Gatter. Und man konnte auf ihm reiten, was die Kinder mit Begeisterung taten.

Aber wenn Esel bekannter weise auch sehr geduldig sind, sind sie doch sensible und störrische Wesen. Wenn sie sich schlecht behandelt fühlen, dann können sie nach Eselsmanier durchaus zeigen, wo die Grenzen ihrer Toleranz und Großmut liegen.

Das zeigte Mister Langohr eindrucksvoll, als sich Paskal, Oskar und Eduard nicht einig werden konnten, wer als nächster mit Reiten dran sei. Alle drei versuchten auf den Eselsrücken zu klettern, wobei sie einander mit Füßen und Händen behinderten. Gabriel, der Jüngste, der auch reiten wollte, aber keine Chance für sich sah, benutzte Mister Langohrs Schwanz als Bremse und zog mit aller Kraft daran. Da ließ der Esel plötzlich ein heiseres Iaa hören und spurtete so plötzlich los, dass die Reiter im hohen Bogen von seinem Rücken flogen, Eduard prallte gegen den Brunnen, wo er benommen liegen blieb. Mister Langohr aber galoppierte mit zornigen Bocksprüngen weiter, überwand mühelos das Zäunchen von Ritas Rosengärtchen, zertrampelte darin gründlich die Rosen, tobte dann mit ungebrochenem Zorn durch die benachbarten Gärten, wobei er das sorgsam gehegte Gemüse in Grund und Boden stampfte. Antonios beherztes Eingreifen stoppte ihn schließlich und etwas Zucker, den er aus einigen Handmulden lecken durfte, beruhigte ihn einigermaßen. Die Reiter aber waren vorerst zu verwirrt und demoliert, um Auskunft darüber geben zu können, weshalb Mister Langohr plötzlich derart ausgeflippt war. Auch später nicht, als Isabell, die Kräuterkundige, ihre Prellungen und Blutergüsse mit Salben bestrichen hatte und der Schreck einigermaßen überwunden war, womöglich hatten sie auch einen vorübergehenden Gedächtnisschwund erlitten. Immerhin halfen sie bei der Wiederherstellung der Gärten fleißig mit, was eigentlich verdächtig nach schlechtem Gewissen aussah. Aber darüber sah man großzügig hinweg, denn schließlich hätte die Sache schlimmer ausgehen können, Hauptsache die Jungs hatten daraus gelernt. Übrigens trug auch Mister Langohr zur Wiederherstellung der Gärten bei, indem seine Kotkugeln als wertvoller Dünger genutzt wurde.

Ein Highlight war, als Onkel Sebastian mit den Dorfbewohnern auf dem Dorfplatz einen großen Backofen aus Lehm baute und ihn mit Blechen und einer Eisentür versah, die mit Riegeln verschlossen werden konnte. Die

Frauen konnten es kaum abwarten, bis sie den neuen Backofen mit dicken Holzscheiten beheizen, ihre aus Teffmehl, Hefe und Wasser gekneteten und geformten Brotlaibe auf die Bleche legen und in das Backrohr schieben konnten. Der Duft, der alsbald dem Ofen entströmte, war allein schon unwiderstehlich, aber als dann das knusprig braune Brot herausgezogen wurde, gab es kein Halten mehr, die Brote überstanden kaum ein paar Tage. Von da an wurde jede Woche kollektiv Brot gebacken und jedes Mal war es ein Fest. Onkel Sebastians Ansehen stieg bei den Dorfbewohnern ins Unermessliche.

Aber wenn Onkel Sebastian seine beiden Töchter Karen und Marion mitbrachte, dann war das zumindest für Paskal das Aufregendste. Denn Marion, die jüngere der Schwestern, war ein überaus graziles, kleines Mädchen von allerliebsten Wesen. Marion war Paskals große Liebe, von Anfang an.

Als Onkel Sebastian eines Tages zwei nagelneue Fahrräder mitbrachte, war es eine kleine Sensation. Aber als er betonte, sie seien für Paskal und Gabriel, seinen beiden Neffen bestimmt, und zwar ausschließlich, dämmte das die allgemeine Begeisterung deutlich. Die beiden seien nun alt genug, meinte Onkel Sebastian, um in die Schule zu gehen, und da sie gut zwei Stunden Fußmarsch entfernt in Ramese sei, seien Fahrräder sehr nützlich.

Aber die Dorfkinder, die bereits in die Schule gingen und den weiten Schulweg bisher zu Fuß bewältigen mussten, hätten auch gern solche Fahrräder gehabt. Außerdem war es im Dorf unüblich, dass nur zwei etwas abbekamen, das war hochgradig ungerecht. Für Paskal und Gabriel war es deshalb völlig in Ordnung, dass, zumindest wenn Onkel Sebastian nicht da war, die Sache in der gewohnt bewährten Weise geregelt wurde. Die Fahrräder wurden zum Allgemeingut und alle Jungs die konnten und wollten durften damit das Fahrradfahren lernen. Onkel Sebastian blieb das natürlich nicht verborgen, die Fahrräder sahen bald entsprechend aus, aber notgedrungen drückte er beide Augen zu, was sonst hätte er auch tun können. Jedenfalls lernten nun alle Jungs im Dorf, die dazu in der Lage waren, mehr oder weniger das Fahrradfahren. Die Mädchen, falls sie ihren Müttern nicht helfen mussten, schauten zu und gaben ihre kritischen Urteile über die Geschicklichkeit und den Wagemut der Radfahrer ab.

Onkel Sebastian hatte die Jungs seiner Schwester liebgewonnen, die aufgeweckten, wissbegierigen, wohlgeratenen, kleinen Draufgänger waren wie eigene Söhne für ihn. Und für seine Neffen war er wie ein Vater. Er war ihnen ein Vorbild, zu dem sie bewundernd aufblickten, so wie alle Kinder und auch die Erwachsenen im Dorf.

Die Buschschule

Bald machten die Jungs mit den Fahrrädern das Dorf unsicher, weder Mensch noch Tier konnte gefahrlos den Dorfplatz überqueren.

Es war ein Segen, als sich die Schulkinder, unter ihnen ein Mädchen, eines Morgens auf den Schulweg machten. Der Plan war, sich mit dem Fahrradfahren abzuwechseln, jeder sollte eine kurze Strecke fahren dürfen, dann auf die anderen warten, so dass die nächsten fahren konnten. Alle außer Sabrina natürlich, sie war ein wenig älter und größer wie die Jungs, aber sie war ein Mädchen. Paskal und Gabriel machten den Anfang.

Sie waren Neulinge, was die Schule anbelangte. Marcel, Theobald und Oscar aber hatten schon Erfahrung. Theobald ging schon das dritte Jahr in Folge in die Schule und war der Erfahrenste.

Die Straße nach Ramese war teilweise grob geteert, uneben und in der monatelangen Regenzeit unpassierbar, aber da brauchten sie nicht zur Schule zu gehen. Und er war sehr lang, das unaufhörliche Kreischen der Affenbanden, die sich in den hohen Baumkronen herumtrieben, war stets zu hören. Nie waren sie versucht in den undurchdringlichen Busch eindringen zu wollen, sie wussten, die Bäume und die Tiere wurden von Geistern bewohnt, es hätte tödlich enden können. Die Männer im Dorf waren geübt im Umgang mit ihnen, sie besänftigten die Waldgeister jedes Mal, bevor sie in den Busch gingen, mit allerlei Geschenken.

Speziell den mächtigen Geiergott Uca baten sie um Schutz und um Jagderfolg. Sie versprachen schonend vorzugehen, unnötigen Schaden zu vermeiden und nach erfolgreicher Jagd ihm seinen Anteil zu opfern, was sie auch stets gewissenhaft taten.

Weil sich die Jungs mit dem Fahrradfahren abwechselten, gestaltete sich der lange Weg zur Schule relative kurzweilig. Manchmal fuhren sie zu zweit, einer auf dem Gepäckträger, und nie entfernten sie sich zu weit voneinander, denn im Busch wäre das gefährlich gewesen. Sabrina machte nie den Versuch auch fahren zu wollen, was für ein Mädchen verständlich war. Der Weg wurde mit den Rädern zügiger und mit mehr Freude bewältigt, so dass Ramese ungewohnt schnell erreicht war.

Ramese besaß ein Postamt, eine Polizeistation mit einem Gefängnis, ein Krankenhaus und eine hübsche Kirche mit einem viereckigen, offenen Glockenturm, die Glocke darin konnte von außen mit einem Seil betätigt werden. Paskal und Gabriel, die noch nie ein mehrstöckiges Steinhaus gesehen hatten, kamen aus dem Staunen nicht heraus. Nach dem Ortskern wurden die Häuser bescheidener, dann waren es nur noch mit Wellblechen bedeckte Lehmhütten.

Die Schule befand sich am Ortsende, sie war eine ungefähr zwanzig Quadratmeter große Lehmhütte mit einem Lehmziegeldach und lag im Schatten einiger ausladender Brotbäume.

Die kleine Gruppe aus dem Dorf Reptiese stellte ihre Fahrräder neben dem Schulgebäude ab und setzte sich still zu den Schülern, die bereits unter einem der Brotbäume auf dem Boden saßen. Die kleinen Lederrucksäcke mit den Schiefertafeln und den Kreiden, gesponsert von Onkel Sebastian, stellten sie neben sich ab.

Die anwesenden Schüler waren unterschiedlich alt und groß, sie nahmen kaum Notiz von den neu Angekommenen. Der junge Lehrer aber bat die neuen Schüler freundlich aufzustehen und ihre Namen zu nennen. Paskal und Gabriel taten es verlegen und setzten sich dann schnell wieder. Wie gut, dass die Freunde da waren, sie gaben Sicherheit. Sie hatten von ihnen, wenn sie mit ihrem Wissen prahlten und mit Stecken Buchstaben und Zahlen in den Boden ritzten, schon einiges gelernt.

Jetzt aber war das Rechnen angesagt. Rechnen konnten Paskal und Gabriel auch schon. Das ergab sich beim Boccia-Spielen von selbst, wenn es galt die eingeheimsten Murmeln und Steine zu zählen, oder wenn sie der Mutter halfen, die Rosensträuße zu binden und zu zählen. Viel Geld brachte sie jedoch nicht mit nach Hause, denn das meiste hatte sie für Teffmehl, Treibmittel für das Brot, für Linsen, Kleie und dergleichen ausgegeben, und natürlich für die unverzichtbaren Honigbonbons.

Auch der junge Lehrer nannte seinen Namen, er hieß Miguel und war sehr freundlich. Er bat seine Schüler die Brotfrüchte unter dem Baum, es waren viele melonengroße, harte Früchte, in Fünfergruppen zu ordnen, was mit Eifer getan wurde. Die schon geübten Schüler halfen den noch unsicheren, sie ritzten neben den Fruchtreihen die jeweiligen Zahlen in den Boden, sie kannten sogar schon die Zehnerzahlen. Dazu benutzten sie die stabilen Stecken, die in einem Korb bereit lagen. Unter den einzelnen Früchten, die übrigblieben, wurden die fortlaufenden Zahlen in den Boden geritzt, 1, 2, 3 und so fort. Um sich die Zahlen gut einzuprägen, wurden sie unter der Leitung von Lehrer Miguel laut und im Chor gesprochen. Wer eine Schiefertafel sein Eigen nannte, so wie die Schüler aus dem Dorf Reptiese, der schrieb die Zahlen darauf, die anderen kratzten sie mit den Stecken in den Boden. Die Schüler waren emsig und mit Freude bei der Sache, es war fast wie ein Spiel für sie. Wer Bescheid wusste, half den anderen die Zahlen zu verbessern und neu zu schreiben. Lehrer Miguel war helfend und erklärend überall dort, wo es nötig war.

Paskals kleine Tafel war schnell mit Zahlen vollgeschrieben. Und weil er sie unbedingt der Mutter zeigen wollte, ritzte er, so wie die meisten der Schüler, weitere Zahlen in den festen Boden. Zuerst die einstelligen Zahlen, danach die Zweistelligen. Das klappte so gut, dass Lehrer Miguel ihn lobte.

Die ganze Zeit über kamen Schüler hinzu, andere gingen, ohne dass es jemand störte. Eine feste Schulzeit gab es offenbar nicht, aber es waren immer ungefähr zwanzig Schüler zugegen, die mit Eifer bei der Sache waren und sich gegenseitig halfen. Lehrer Miguel musste nie jemanden rügen oder zur Ordnung mahnen.

Nach der Mathematikstunde bekam jeder Schüler einen Becher mit Ziegenmilch und ein Stück Brot. Lehrer Miguel saß mitten unter seinen Schülern und aß und trank und unterhielt sich mit ihnen. Von den neuen Schülern wollte er wissen, woher sie kommen und wie weit sie es zur Schule haben. Paskal und Gabriel, inzwischen deutlich aufgetaut, beantworteten freimütig seine Fragen und Theobald, der mit Lehrer Miguele schon vertraut war, ergänzte, dass sie mit Fahrrädern gekommen sind und der Schulweg dadurch viel leichter zu bewältigen gewesen sei.

Nach der Pause heftete Lehrer Miguele eine große Landkarte an den Stamm des Brotbaumes, es sei die Kameruner Landkarte, meinte er. Dann erzählte er von Kameruns Reichtum an Bodenschätzen, an Pflanzen und an Tieren. Im Norden, meinte er und zeigte mit seinem Stab auf Kameruns Norden, gibt es Savannen mit Elefantenherden, Giraffen, Antilopen, Löwen und mehr, die Küste im Westen hingegen ist reich an Fischgründen und Mangroven-Wäldern.

Der Fluss Wouris, in der Regenzeit ein mächtiger Strom, mündet bei der Hafenstadt Gabun in den Atlantischen Ozean. Von dort aus stechen täglich viele Containerschiffe, beladen mit Bananenstauden, in Fässern, zwischen Salz oder Eisgranulat gelagerte Fische, Kaffeebohnen, Ebenholz, Mahagoni und vieles mehr in die See und bringen ihre Frachten zu den größten Häfen der Welt. „In Duala", erzählte Lehrer Miguel, man sah es ihm an, wie stolz er darauf war, „gibt es ein sehr schönes Seemanns- und Naturkundemuseum. Bevor ihr diese Schule verlassen werdet, werde ich es mit euch besuchen. Aber bis dahin ist noch ein wenig Zeit.

Bevor Lehrer Miguele seine Schüler am Nachmittag nachhause schickte, spielte er mit ihnen Fußball. Dass der Ball nur ein lascher Lederfetzen und das Tor ein verbeultes Wellblech war, störte niemand.

„Morgen werden wir lesen und schreiben", versprach er und Paskal freute sich schon darauf. Die Schule und Lehrer Miguele gefielen ihm ausgesprochen gut.

Der lange Heimweg durch den Busch verlief wie der Herweg, abwechselnd Radfahren und dann ein Stück laufen. Glücklich wieder zu Hause wollte die Mutter wissen, wie es war in der Schule, aber zum Erzählen waren sie zu hungrig und zu müde. „Schön", meinten Paskal und Gabriel einsilbig und zeigte ihre Tafeln mit den Zahlen. Gabriels Zahlen waren leider zu verwischt, um sie noch lesen zu können. Dann ließen sie sich den Hirsebrei mit der extra dicken, braunen Zuckerschicht darauf, den Mutter für sie gekocht hatte, schmecken. Er schmeckte so lecker wie noch nie zuvor.

Schon in der nächsten Woche durften Theobald, Oskar und Eduard zum Lernen in die Schulhütte. Paskal und Gabriel waren nun allein, aber das machte ihnen nichts mehr aus, sie kannten nun Lehrer Miguele und die meisten der anderen Schüler. Auch Sabrina, die den Freunden an Fleiß und Ehrgeiz nicht nachstand, sie sogar überflügelte, nahm bald in der Hütte bei den Fortgeschrittenen Platz.

Im Dorf indessen sorgten nun andere Raubauken dafür, dass es nicht zu eintönig wurde. Mister Langohr hatte oft Gelegenheit, seine heroische Geduld unter Beweis zu stellen, was er meistens auch tat. In Ritas Gärtchen blühten dank seiner Kotbällchen die allerschönsten Rosen und in den Nachbargärten gediehen in der ebenso aufbereiteten Erde die Tomaten, Erdbeeren, Stangenbohnen und dergleichen hervorragen. Die Bienen-Spezialisten im Dorf erkundeten nach wie vor regelmäßig die Bienenstöcke im Busch und bedienten sich geschickt mit deren Honigwaben, was große Erfahrung und Sorgfalt abverlangte und sie an geeigneten jungen Männern weitergaben. Die Jäger gingen, nachdem sie die Geister der Ahnen um Nachsicht und Unterstützung beschworen hatten, in der heißesten Mittagszeit, wenn keine Raubtiere zu befürchten waren, in den Busch. Sie waren sehr geübte Schützen, denn ein einziger Schuss aus ihren Gewehren musste reichen, um das Wild, Antilopen und Gnus zumeist, zu erlegen. So vermieden sie allzu große Unruhe und Panik unter den

Tieren, die sich nach der ersten Aufregung stets rasch beruhigten.

Sie besaßen insgesamt vier Gewehre, die sorgsam gepflegt und verwahrt wurden, denn sie waren lebenswichtig. Die Munition dazu bekamen sie in Ramese, in einem Waffengeschäft, meist im Austausch von Wildfleisch.

Genauso wichtig wie die Gewehre waren die Angelgerätschaften. Wenn die Fischer mit ihnen zum Fluss Sanaga aufbrachen, waren sie meist tagelang unterwegs. Gern nahmen sie einen oder zwei Halbwüchsige mit, um ihnen beizeiten das Angeln und Fischen beizubringen.

Aber eines Tages kamen sie ohne Frederiks fünfzehnjährigen Sohn Manuel zurück.

Niedergeschlagen und todmüde legten sie die Zuber mit den Fischen und ihre Angelgeräte ab und wagten Frederike kaum unter die Augen zu treten. „Er war allzu tollkühn", meinten sie zerknirscht und schuldbewusst. „Er ignorierte alle Ermahnungen und wagte sich zu tief in den Fluss hinein."

„Ja, und weiter", schrien die Frauen entsetzt. Frederike unter ihnen, totenbleich und wie gelähmt, flüsterte mit ersterbender Stimme. „Ist er tot?"

„Ja", berichtete einer stockend. „Zacharias wollte ihn retten, er stürzte sich in die Fluten und wäre beinahe selbst ertrunken. Manuel wurde von den Fluten fortgerissen, wir liefen soweit es ging am Ufer hinter ihm her, sahen, wie er verschwand, auftauchte und um sein Leben kämpfte. Dann haben wir ihn nicht mehr gesehen. Urban aber glaubte gesehen zu haben, wie ein Krokodil hinter ihm herschwamm. Aber ganz sicher war er sich da nicht, die Strömung ist dort sehr stark."

Frederike wollte sich aber nicht damit abfinden, dass ihr ältester Sohn, gerade fünfzehn Jahre alt, tot sein sollte. Sie begab sich in ihre Hütte, legte die Voodoo-Puppe, die sie aus dem Gras der Sanaga-Ebene gefertigt und mit Glasperlen bestickt hatte, auf Manuels Bett und murmelte stundenlang hingebungsvoll Beschwörungsformeln.

Zwei Tage später geschah das Wunder, Manuel wankte zum Dorf herein und sank mitten im Dorf bewusstlos zu Boden. Kahl, der Krokodilgott, hatte Frederikes verzweifelte Beschwörungen gehört, er hatte Manuel gerettet und zurückgebracht. Urban hatte ja gesehen, wie er hinter Manuel herschwamm.

Frederike und mit ihr das ganze Dorf, vor allem die Fischer, waren erleichtert und voller Dankbarkeit.

Manuell selbst wusste später nicht zu sagen, wie er ans Ufer und dann nach Hause gelangt sei, nur dass ihn eine unwiderstehliche Macht immer wieder vorwärtstrieb und ihm die nötige Kraft gab, Stück für Stück weiterzugehen, daran konnte er sich vage erinnern. Oh, ja, es musste Kahl gewesen sein, der ihm geholfen hat, davon war auch Manuel überzeugt.

Man wollte Kahl ein Dankesfest bereiten.

Bald darauf schmorte ein schönes Stück Büffelrücken über dem Grillfeuer und die Frauen brachten frisches Teffbrot, aus Ziegenmilch gewonnene Butter und selbstgezogenes Gemüse und Obst. Nachts loderte ein Feuer zum Sternenhimmel empor und die Trommeln durchbrachen fröhlicher als sonst die unruhige Stille des Dschungels.

Die Geister der Ahnen und die Dämonen waren den Dorfbewohnern geläufig und wohlbekannt, sie lebten mit ihnen, es gab deren viele. Bei Krankheiten beschworen sie die Schlangengöttin Circa, bei Schwangerschaften und Geburten Lea, die Pavian-Göttin, für den Jagderfolg war Hank, der Geiergott zuständig, man opferte ihm generell einen Teil von der Jagdbeute, was Hank stets gnädig annahm, was für weiteren Jagderfolg und Unversehrtheit sorgte. Wie immer bei den regelmäßig Beschwörungs- und Danksagungsritualen kamen die Trommeln zum Einsatz, sie bestanden aus kräftigen, etwa vierzig Zentimeter langen, ausgehöhlten Bambusstämmen, die oben mit Büffelleder oder Schlangenhaut bespannt waren. Die jungen Trommler schlugen die Trommeln rhythmisch, monoton, schwermütig oder mit rasch folgenden, wirbelnden, mit der flachen Hand ausgeführten Schlägen. Sie trommelten mit der gleichen Leidenschaftlich und Hingabe, wie es schon die Alten taten, von denen sie es gelernt hatten.

Manchmal schien es aber, als wären die Beschwörungen und Bitten der Dorfbewohner zu schwach oder nicht mit der nötigen Andacht vorgetragen worden, dann konnten sie die guten Geister nicht hören und die bösen Dämonen hatten leichtes Spiel. Dann wurde ein Kind von einer Schlange gebissen und starb, eine Windhose riss die Grasdächer von ihren Hütten oder ein Jäger kam nicht von der Jagd zurück. Dann ertrug man es gemeinsam und ergeben und rückte zusammen im Leid. Milan, der heimtückischste von allen Dämonen, ein Riesenpavian, der mannigfache Gestalten annehmen konnte, war so ziemlich für jedes Unglück verantwortlich.

Einmal jedoch kam ein dunkelgewandeter, bärtiger Mann ins Dorf. Er nannte sich Bruder Johann und meinte, dass sie ihren Aberglauben ablegen müssen, denn es gäbe nur einen Gott, den allmächtigen und barmherzigen Christengott. Er sei dreifaltig, Gott Vater, Gott Sohn und Gott Heiliger Geist und dulde keine anderen Götter neben sich. Wer an ihn glaubt und seine Gebote befolgt wird am „Jüngsten Tage" vom Tode auferstehen und an Gottes Seite in ewiger Freude leben. Wer aber in der Erbsünde und im Aberglauben verharrt, wird der ewigen Verdammnis anheimfallen. Jeden Sonntag halte er, Bruder Johann, in der Kirche von Ramese einen Gottesdienst, wozu alle Dorfbewohner herzlich eingeladen sind. Dann werden sie mehr über den alleinigen Christengott und seinen Geboten erfahren.

Die Dorfbewohner verstanden nicht viel von dem, was Bruder Johann sagte, aber ein Gott, der mit ewiger Verdammnis drohte, war ihnen nicht sonderlich sympathisch? Ihre Götter drohten nicht, die regelten alles sofort, man wusste mit ihnen umzugehen. Und ewig zu leben, das war nun wirklich nichts Neues für sie, die Geister der Ahnen lebten ewig und konnten sich jeder beliebigen Gestalt bedienen.

Als Bruder Johann sie taufen wollte, ließen sie ihn gewähren, es konnte ja nicht schaden. Danach aber, als er weg war, waren er und sein Gott vergessen. Für ihre Belange und Sorgen waren die Geister der Ahnen und die Naturgötter zuständig, so war es gut und so wird es für alle Zeiten sein. Der Christengott war fern, irgendwo oben im grenzenlosen Himmel. Seine Gebote brauchten sie nicht.

Die kräuterkundige Isabell versäumte es nie, den Schulkindern, bevor sie sich frühmorgens zur Schule aufmachten, ein wenig von ihren Tinkturen auf die Augen, die Nasen und die Münder zu tupfen und dabei leise Beschwörungsformeln zu murmeln. Isabell wusste über die spirituellen und heilenden Wirkungen der Heilkräuter bestens Bescheid, ihre Mixturen, ob nun flüssig oder als Pasten, ob innerlich oder äußerlich angewandt, halfen bei Prellungen, Schürfwunden, Entzündungen, bei Kopf-, Hals-, Brust-, Bauchweh und sonstigen Schmerzen aller Art. Auch bei nervösen Verspannungen, bei Kummer oder gar bei Schwermut, was zum Glück selten vorkam, wusste Isabell immer ein geeignetes Mittel. Wegen ihrer Kräuterkunde und Heilkunst war sie sehr geachtet im Dorf.

Ihre Fürsorge den Schulkindern gegenüber war begründet, denn der Weg durch den Busch barg viele Gefahren. Das bekamen die Schulkinder auf besonders schlimme Weise zu spüren, als ihnen auf ihrem Schulweg Milan, der böse Walddämon begegnete. Eine Begegnung, die beinahe tödlich verlaufen wäre.

Paskal und Gabriel gingen bereits das dritte Jahr zur Schule, sie saßen längst in der Schulhütte auf Bänken und schrieben, wie alle Fortgeschrittenen, auf Tischen mit Bleistiften in Hefte. In ihren Schultaschen befanden sich neben den Heften und Bleistiften ein Lineal, ein Mathematikbuch, ein Atlas von Afrika und ein Buch über Kameruns Geschichte. Paskal war sehr an Kameruns wechselvoller Geschichte interessiert und Lehrer Simon, der nun an Lehrer Miguels

Stelle getreten war, wurde nicht müde, davon zu erzählen. Er gestaltete seinen Unterricht sehr lebendig und fantasievoll.

Lehrer Simon war ein schon älterer Mann mit eisgrauem Haupthaar, einem ebensolchen, kurzen Vollbart und braunen, verständnisvollen Augen unter buschigen, grauen Brauen. Die Fragen seiner Schüler, sie waren zwischen neun und dreizehn Jahre alt, beantwortete er stets gründlich, er war sehr bemüht, jedem den zu behandelnden Stoff verständlich zu machen. Die Zahl seiner Schüler hatte sich auf ein kontinuierliches Dutzend eingependelt, wenn welche gingen, kamen andere hinzu. Der Unterricht war freiwillig und kostenlos, was wohl auch ein Grund war, warum die Schüler den meist langen, beschwerlichen und gefährlichen Schulweg auf sich nahmen, aber auch weil sie begriffen haben, wie wichtig Wissen für sie war. Lehrer Simon lehrte die Landessprache Französisch, Englisch und natürlich die Kameruner Muttersprache.

Aus Sabrina, dem stillen, unscheinbaren Mädchen, war inzwischen ein hübscher, selbstsicherer Teenager geworden. Die Freunde hatte sie körperlich schon immer etwas überragt, aber nun war sie ihnen auch an Logik und Vernunft meilenweit überlegen, was jedoch keiner zu spüren bekam, dazu war Sabrina zu klug. Sabrina hatte viel Verständnis für die Freunde und machte so ziemlich jeden Quatsch mit, aber im Gegensatz zu ihnen wusste sie immer, wo die Grenzen lagen, vor allem die ihren. Nie machte sie, die Ältere, Anstalten, sich auf dem Schulweg am Fahrradfahren beteiligen zu wollen, obwohl sie die Jungs immer wieder dazu aufforderten. Sie wollte es nicht, denn Radfahren war Jungensache, genauso wie das Fußballspielen, Kräftemessen, Balgen, um die Wette rennen und dergleichen. Aber sie fühlte sich für die Freunde verantwortlich, wenn sie es zum Beispiel mit ihren Streichen übertrieben oder nach dem Unterricht im Eifer eines Spiels die Zeit vergaßen, dann musste Sabrina sie in ihrer stillen, aber bestimmten Art erinnern, dass es hohe Zeit für den Heimweg war. Allerdings konnte sie nicht jeden derben Streich verhindern, bei denen die Jungs aus dem Dorf Reptiese beteiligt oder zumindest stille Mitwisser waren. Wie zum Beispiel die Sache mit dem Fliegenfänger.

Lehrer Simon wusste lange nicht, warum seine Schüler heute so aufgekratzt und heiter und so gar nicht bei der Sache waren, bis Sabrina es nicht mehr aushielt, von ihrem Platz aufstand und die ganze Klasse, die sich ganz prächtig amüsierte, so lange empört ansah, bis sich einer von ihnen, es war Theobald, genötigt sah, zu Lehrer Simon zu gehen, sich reumütig zu entschuldigen und ihm vorsichtig den ollen

116

Fliegenfänger vom Rücken abzunehmen. Damit war für Lehrer Simon die Sache abgetan, er war zum Glück kein bisschen nachtragend, aber als er in seiner wertvollen Insektensammlung, auf die er mächtig stolz war und die er gern als Anschauungsmaterial mitbrachte, einen mit Harz angeklebten, toten Mistkäfer entdeckte, der einen Großteil seiner empfindlichen Sammlung vernichtete, da war selbst er zutiefst erschüttert und, ja, auch enttäuscht. Nach den Übeltätern brauchte man gar nicht zu fragen, das hätte wenig gebracht, denn irgendwie waren alle Schüler mehr oder weniger involviert. Sabrina konnte es nicht fassen, was man dem armen Lehrer, der so viel Geduld für seine Schüler aufbrachte, angetan hatte. Sie hielt der ganzen Klasse einen leidenschaftlichen Vortrag über Sitte und Anstand und verlangte, dass sich alle bei Lehrer Simon entschuldigten und versprechen, den Schaden, so gut es eben ging, wieder gut zu machen. Oh, ja, das wollten sie, sie sahen ein, was sie angerichtet hatten und es tat ihnen aufrichtig leid. Statt in den Pausen und nach dem Unterricht Fußball zu spielen oder zu balgen oder Boccia zu spielen, sammelten sie Insekten und brachten sie ihrem verehrten Lehrer Simon, denn sie verehrten ihn wirklich sehr. Der war über den guten Willen und Eifer seiner Schüler sehr gerührt und spießte jedes Insekt, das sie brachten, jeden Käfer, jeden Falter, jede Hummel und jede Heuschrecke mit feinen Nadeln sorgsam auf ein mit Linnen bespanntes Brett, richtete sorgsam die filigranen Flügel, Beinchen und Fühler aus und ließ sie in der Sonne trocknen.

Das Insektensammeln wurde bei seinen Schülern zur Sammelleidenschaft, sie wetteiferten darum, wer die seltensten und schönsten Exemplare in die Schule mitbrachte. Allmählich entstand ein Sammelsurium von ungeahnter Vielfalt an Formen, Farben und Größen, wie es niemand für möglich gehalten hätte. Ganz nebenbei lernten die Schüler beim Sammeln mehr über Kameruns Insekten, als sie es je im Unterricht, bei einer noch so vollendeten Insektensammlung getan hätten.

Sabrina war das einzige Kind ihrer Mutter Sandra und die meiste Zeit auch das einzige Mädchen in der Schule. Ihre Mutter war eine sehr eigenwillige, junge Frau, sie hatte es gegen die allgemeine Meinung im Dorf, nicht nur gegen die Meinung der Männer, durchgesetzt, dass ihre Tochter nicht auf einen Mann zu warten brauchte, der sie ehelichen will, sondern mit den Jungs in die Schule gehen soll, um etwas zu lernen. Im Dorf fand das keiner gut, aber man gewöhnte sich allmählich daran. Nur, da waren sich alle einig, durfte es nicht zur Regel werden. Wohin hätte das denn geführt?

Am Anfang schämten sich die Jungs ihretwegen, die Gegenward eines Mädchens war in der Schule gewöhnungsbedürftig. Und Sabrina war mit ihren großen, sanften Antilopenaugen, dem Tuch um ihren kleinen, hübschen Kopf, dem wadenlangen, geblümten Rock und dem hellen Leinenkittel, der locker bis zu ihren Hüften reichte, unübersehbar ein Mädchen. Aber weil Sabrina sehr zurückhaltend und bescheiden war, wurde sie sehr bald als normale Mitschülerin wahrgenommen; und doch blieb sie stets etwas Besonderes. Mit der selbstverständlichen Sicherheit, mit der sie sich bewegte, und den klugen Fragen und Antworten, mit denen sie sich am Unterricht beteiligte, gewann sie bald den Respekt und die Zuneigung ihrer Mitschüler. Sabrina blieb gern im Hintergrund, sie verfolgte still und aufmerksam Lehrer Simons Ausführungen und schrieb mit großer Sorgfalt in ihre ordentlich gehaltenen Hefte. Nur wenn die Geschehnisse in der Klasse drohten aus dem Ruder zu laufen, was immer mal vorkam, schritt sie regulierend ein. Ihre Freunde liebten und achteten sie, auch wenn sie nicht mit dem Fahrrad fahren, Fußball spielen oder sich mit den anderen herumbalgen wollte, das brauchte Sabrina nicht. Sabrina war sich ihres besonderen Status in der Schule bewusst und verhielt sich entsprechend, denn sie war sehr klug.

Der böse Uca

Es war am Ende des vierten Schuljahres, als ihnen auf dem Heimweg der böse Uca begegnete. Sabrina war fünfzehn Jahre alt und, wie schon erwähnt, ein hübscher Teenager.

Es war wie immer, Oskar und Eduard waren mit den Rädern vorgefahren, die anderen marschierten flott hinterher, denn es war schon spät und im Busch wurde es schlagartig dunkel. Sabrina lief voran und ermunterte die Freunde immer wieder zum zügigeren Gehen, als sie plötzlich stehenblieb und lauschte. „Pscht", flüsterte sie und legte den Zeigefinger auf den Mund. „Pscht."

Da hörten es auch die anderen, ein zartes, klägliches Wimmern, ganz nah und ganz deutlich zu hören aus den vielstimmigen Buschgeräuschen, die gegen Abend immer lauter und klarer wurden. Die Kinder standen und lauschten angespannt, sollten sie es wagen, nachzuschauen? Aber das war gefährlich zur so späten Stunde, in der im Busch die Geister der Ahnen und die Dämonen erwachen und aktiv werden. Am besten das Wimmern ignorieren und schauen, dass man heimkam in die Geborgenheit des Dorfes und der Dorfgemeinschaft. Außerdem war es ihnen verboten, die Straße zu verlassen.

Oskar und Eduard kamen mit den Rädern zurück, sie wurden aufgefordert gleichfalls zu lauschen. Auch sie hörten das klägliche Wimmern.

Endlich entschied Theobald, er als der Ältere traf meistens die wichtigen Entscheidungen, was auch akzeptiert wurde, dass man weitergehen solle, denn außer den Geistern und Dämonen gibt es auch Leoparden, Gorillas und Paviane im Busch, die sehr bösartig und angriffslustig sein können. Aber solange sie auf der Straße blieben, seien sie relativ sicher, meinte er. Das stimmte, denn bisher war nie etwas passiert, außer dass gelegentlich eine Python vor ihnen über die Straße gekrochen und eilig im Lianen-Gewirr verschwunden ist oder Meerkatzen kreischend vor ihnen Reißaus nahmen.

Aber da meinte Sabrina unvermittelt: „Bleibt hier, ich bin gleich zurück." Sie überhörte die Einwände und Warnungen der Jungs, verließ die Straße und tauchte, noch eh sie einer zurückhalten konnte, in den Dschungel ein. Die Pflanzenwand schloss sich hinter ihr dicht und vollständig, nichts verriet, dass soeben ein Mensch darin verschwunden ist. Die Jungs starrten auf die Stelle, an der Sabrina gleich wieder erscheinen musste.

„Der Dschungel gibt nichts her, was einmal in seinen Lianen-Takeln verschwunden ist." Paskal erinnerte sich, dass es die Mutter oft warnend gesagt hatte und die Kehle schnürte sich ihm vor Angst zu.

„Was machen wir, wenn sie nicht zurückkommt?", hörte er Gabriel mit banger Stimme flüstern. „Ich fürchte mich so."

Fünf Augenpaare versuchten die undurchdringliche, wirre Front des dunklen Waldes zu durchdringen, fünf Herzen begannen immer unruhiger zu pochen, die Minuten dehnten sich endlos, das Warten wurde zur Qual. Was tun, wenn Sabrina, ihre liebe, kluge Sabrina nicht wiederkommt? Das Wimmern war nicht mehr zu hören, vielleicht wurde Sabrina in den Busch gelockt und getötet? Vielleicht war sie tot. Ach, wäre sie nur wieder hier.

Da teilte sich das Geäst und sie kam hervor, unversehrt wie es schien, nur das Kopftuch war ihr in den Nacken gerutscht und sie war über und über mit Dornengeäst und Laub bedeckt. Die Jungs waren unsäglich erleichtert und bemerkten erst, als sie näher kam, dass sie etwas in ihren Armen hielt. Es war ein Affenbaby, das sie mit großen, runden Augen anschaute.

„Oh, nein, Sabrina", meinte Theobald erschrocken, „bring es zurück, bevor ein Unglück geschieht."

„Aber es ist ein Waisenkind, Theobald", antwortete Sabrina, das Äffchen voller Mitgefühl ansehend. „Wir können es nicht alleine lassen, es würde verhungern. Wir nehmen es mit, die Frauen im Dorf kennen sich mit Babys aus. Ganz bestimmt auch mit Affenbabys."

Gabriel und Oskar saßen schon auf den Fahrrädern, um den Heimweg fortzusetzen, da kam mit gewaltigen Sprüngen und drohend kreischend ein Riesen-Oran-Utah aus dem Wald gesprungen, direkt auf die erschrockenen Kinder zu. Er versetzte Sabrina mit seiner mächtigen Pranke einen Hieb, griff nach dem Affenbaby und verschwand damit laut schimpfend wieder im Busch.

Sabrina lag auf dem Boden, ihr Kopftuch war zerrissen, ihre linke Gesichtsseite eine einzige Wunde, Blut sickerte über ihre heile Gesichtshälfte auf den Boden, ihre Augen waren geschlossen. Die Jungs, als sie sich von der Attacke des Affen erholt hatten, bemerkten entsetzt, dass Sabrina wie tot am Boden lag. „Sabrina!" Theobald kniete sich zu ihr und nahm ihre schlaffe Hand. „Sabrina", rief er verzweifelt. „was ist mit dir? Hörst du mich nicht? Bitte mach' die Augen auf! Sabrina, liebe Sabrina!"

Aber Sabrina lag bleich und still und rührte sich nicht. War sie tot? Theobald wandte sich zu den Freunden und schrie panisch: „Setzt euch auf die Räder und holt Hilfe! Schnell, schnell!

Eduard und Oskar erwachten endlich aus ihrer Erstarrung und spurteten mit den Rädern los, um im Dorf Hilfe zu holen.

Paskal und Gabriel, immer noch vor Entsetzen wie gelähmt, starrten Sabrina fassungslos an. „Sie ist tot, nicht wahr?", fragte Gabriel endlich und Tränen rannen über sein schmutziges Gesicht. „Es war der böse Uca, er hat Sabrina umgebracht."

„Dabei wollte sie nur helfen", murmelte Paskal. Nie zuvor hatten sich die Jungs so grenzenlos hilflos und verloren gefühlt.

Theobald legte sein Ohr auf Sabrinas Brust, dann nah an ihren leicht geöffneten Mund. „Sie atmet noch", meinte er, „sie ist nicht tot." Er ließ Sabrinas Hand los und stand wankend auf, ging zum Waldsaum und rief in das Pflanzengewirr hinein: „Ihr guten Geister helft uns! Bitte helft Sabrina, sie wollte doch nur helfen!" Er hob beschwörend die Arme, ließ sich auf die Knie nieder und murmelte, so wie er es bei den Großen gesehen hatte, Beschwörungsformeln, die im eben einfielen. Er versprach allzeit die Ahnen in Ehren zu halten und den Geistern und Naturgöttern viele Opfergaben darzubringen, wenn sie nur helfen, dass Sabrina am Leben bleibt und nicht sterben muss. Paskal und Gabriel blieben bei Sabrina und schauten zum Freund, der am Straßenrand kauernd die Geister der

Ahnen um Hilfe anflehte. Sie schauten in Sabrinas wundes, jedoch ruhiges Gesicht und versprachen in ihren Herzen, dass auch sie den Ahnen und allen guten Geistern und Göttern zeitlebens viele Opfer darbringen werden, wenn nur Sabrina, ihre liebe, gute Sabrina nicht sterben muss. Theobald kam zurück und kniete sich wieder neben Sabrina. Er ergriff ihre schlaffe Hand und flüsterte: „Alles wird gut, Sabrina, sie werden gleich da sein und dich holen. Halte nur noch ein wenig aus. Sei ganz ruhig, alles wird gut." Dann warteten sie und lauschten auf die geheimnisvollen Geräusche des Dschungels.

Endlich kamen sie. Mister Langohr vor dem Karren und Silvian, der Enkel des Dorfvaters, auf dem Bock, seine anfeuernden Rufe waren schon von Weitem zu hören. Sabrinas Mutter Sandra, Rita und noch einige Frauen liefen hinter und neben dem Karren her. Angekommen betteten sie Sabrina gemeinsam und äußerst vorsichtig auf den mit Stroh und Decken ausgelegten Karren, deckten sie sorgsam zu und schoben ihr vorsichtig ein Kissen unter den Nacken. Dann fuhren sie, Sabrinas blasses, zerschundenes Gesichtchen nicht aus den Augen lassend und sorgsam darauf bedacht, größere Erschütterungen zu vermeiden, zurück ins Dorf. Wenn Sabrina ein schmerzlicher Seufzer entschlüpfte, war man besorgt und doch auch erleichtert, denn es war ein Zeichen, dass sie noch lebte. Paskal, Gabriel und Theobald liefen bekümmert, aber auch erleichtert hinterdrein. Jetzt wird alles gut werden, jetzt kümmerten sich die richtigen Leute um Sabrina.

Zuhause wurde Sabrina in die Hütte ihrer Mutter Sandra gebracht, Isabel kam mit ihrem Weidekorb, in dem sich ihre Salben und Elixiere befanden. Während sie Sabrinas Kopf abtastete, ihre Wunden mit einem mit einer Tinktur befeuchteten Tuch sanft abtupfte, ihre Schläfen und Handgelenke mit einer Salbe leicht massierte und ihr schließlich ein Fläschchen Duft-Öl unter die Nase hielt, schaute ihr Sandra ängstlich zu. Die Dorfbewohner vor der Hütte warteten auf das Ergebnis ihrer Untersuchung und Behandlung.

Als Isabel endlich aus der Hütte kam und sagte, dass Sabrina bei Bewusstsein sei, waren alle erleichtert, den guten Geistern sei Dank. Isabel erklärte, dass die Wunde auf der linken Gesichtsseite nicht sehr tief und nicht entzündet sei. Sie habe sie mit Amotten-Destillat gereinigt, so dass sie schnell und gut heilen wird, so die guten Geister es wollen. Das schlimmste sei die Wucht des Schlages und der Schreck gewesen, die hauptsächlich zu Sabrinas Ohnmacht geführt hatten. Mit dem Einmassieren ihrer Brust, ihrer Schläfen und den Handgelenken mit Amottenöl und dem Duft des Berg-Lavendels, den sie einatmete, sei es mit Hilfe der Schlangengöttin Circas, die sie beschworen hatte, gelungen, Sabrinas Lebensgeister zurückzuholen, aber es brauche noch viel Ruhe und Zeit, bis sie sich ganz erholt haben wird. Ihr rechtes Auge ist klar, Sabrina erkennt ihr Umfeld und weiß, wer sie ist, allerdings halluziniert sie noch ein wenig, sie fragte nach einem Affenbaby, dem man helfen müsse. Morgen Früh, sobald es hell ist, sollte jemand nach Ramese radeln und den Doktor holen. Auch Onkel Sebastian müsse benachrichtigt werden.

Isabel schaute in die besorgten Gesichter der Dorfbewohner und meinte beruhigend: „Sabrina ist jung, sie wird den Schock und die Wunden überwinden."

Damit wandte sie sich an die Schuljungs und fragte sie, was denn passiert sei? Wer oder was sie angegriffen habe und warum?"

Die Jungs aber standen immer noch unter Schock, obwohl sie unendlich froh und erleichtert waren, dass Sabrina lebte und es ihr bald wieder gut gehen würde. Stockend, sich immer wieder gegenseitig korrigierend und ergänzend, erzählten sie, was passiert ist. Die Dorfbewohner hörten zu und schüttelten die Köpfe über so viel bodenlosen Leichtsinn, den sich die Kinder geleistet hatten. „Haben wir nicht immer und immer wieder davor gewarnt", meinte Sandra, die sich von ihrem Schrecken weitgehendst erholt hatte, ihrer Tochter ging es ja den Umständen entsprechend gut, „dass man den Zorn der Natur-Geister und Ahnen nicht leichtfertig heraufbeschwören darf."

„Was im Busch auch immer passieren mag, es ist allein Sache der Ahnen und Naturgeister", ergänzte es Ortsvater Antonio, der die Gelegenheit nutzen wollte, denn nicht allzu oft schenkten ihm die Kinder und Jugendlichen, unter ihnen sein Enkel Silvian, so wie jetzt ihre volle Aufmerksamkeit. „Merkt euch", meinte er belehrend, „die Macht der Geister in Frage zu stellen, indem man sich in ihre Belange einmischt, kommt für sie einer Beleidigung gleich, auch wenn es mit noch so guter Absicht geschieht. Lasst uns ein Opfer vorbereiten und den Ahnen und guten Geistern danken, sie haben uns auch dieses Mal vor dem

Schlimmsten bewahrt. Lasst uns für Sabrina bitten, dass sie wieder ganz heil wird und wir vor weiterem Unheil verschont bleiben."

Nicht lange danach erhellte ein loderndes Feuer die Nacht und rhythmische Trommelklänge und Gesänge drangen tiefer, fröhlicher und beschwörender als sonst in den Busch hinein. Die Ahnen und guten Geister werden es hören und die mächtigen Dämonen besänftigen.

Aus und vorbei?

Das Treffen mit Marion war für Paskal niederschmetternd. Er hatte sich mit ihr im Garten ihres Vaters, im kleinen Pavillon verabredet.

Nachdem sie sich freudig begrüßt und sich in den Korbsesseln gegenüber saßen, plauderten sie und erzählten sich ein wenig voneinander. Die Luft war erfüllt von Blütenduft und Vogelgesang, Paskal fühlte sich glücklich, er konnte sich nicht satt sehen an ihr. Auch Marion war glücklich ihn zu sehen und so glaubte er, es sei der rechte Moment ihr endlich seine Liebe zu gestehen. Aber dann erzählte sie, dass sie schwanger und darüber sehr, sehr glücklich sei. Marcel und sie haben schon ein Kinderzimmer eingerichtet, Paskal müsse unbedingt kommen und es sich anschauen. „Nun werden auch wir eine glückliche Familie sein, Paskal", meinte sie und ihre Augen strahlten dabei, „so wie du und Karen es schon seid. Ihr seid doch glücklich, nicht wahr? Wann werden Karen und die Kindern nachkommen, Paskal? Papa sagte, du willst dich als Bauer versuchen, als Biobauer? Er meint zwar, das sei unrealistisch, aber ich finde es gut, du musst es unbedingt versuchen. Hast du schon ein Stück Land zugewiesen bekommen? Land müsste doch für einen Jungbauern für wenig Geld zu haben sein, nicht wahr? Zur Not ist Papa auch noch da. Er mag dich Paskal, das weißt du."

Paskal schien es, als würde man ihm den Boden unter den Füßen wegziehen. Er räusperte sich, um seinen Hals freizubekommen, zwang sich in ihre fragenden Augen zu schauen und zu antworten. „Nein, Marion, ich habe kein Land bekommen. Aber, sorry, ich muss gehen. Alles Gute für dich, für deinen Mann und für dein Kind."

Marion schaute ihm verblüfft nach, wie er fluchtartig durch den Garten lief und zum Haus hin verschwand.

Sebastian Manelly war zutiefst enttäuscht von seinem Neffen, in den er so viele Erwartungen gesetzt hatte. Als er nichts mehr von ihm hörte und Gabriel, den er nach seinem Bruder fragte, nur unbestimmt meinte, dass er außer „Trübsal blasen" gar nichts mache, da wollte er selbst nach dem Rechten sehen.

Als er an diesem späten Nachmittag mit seinem VW Wagen im Dorf ankam, wurde er nicht wie üblich von den Kindern freudig umringt und belagert, die Sahnebonbons konnten vorläufig in seiner Jackentasche bleiben. Er griff sich vom Beifahrersitz das Tütchen mit den gerösteten Kaffeebohnen und ging damit zur Hütte seiner Schwester Rita. Neben der Hüttentür kauerte eine Gestalt, Manelly wollte schon vorbeigehen, als er seinen Neffen Paskal erkannte. „Mensch, Paskal, was ist los", meinte er betroffen. „Warum hängst du hier so rum?" Paskal antwortete nicht, er hob nur den Kopf und schaute seinen Onkel mit müden Augen an. Er hatte sich seit Tagen nicht rasiert, sein Gesichtsausdruck war beinahe stumpfsinnig, stelle Manelly beunruhigt fest. Er ging in die Hütte und fand seine Schwester am Tisch sitzend vor, sie hatte geweint, ihre Augen waren rot geschwollen. Er setzte sich zu ihr, legte das Tütchen Kaffee auf den Tisch und schaute sie prüfend an. „Was ist los, Rita?", fragte er. „Wollte Paskal nicht ein Land erwerben? Was ist daraus geworden?"

„Nichts ist daraus geworden, Sebastian, er bekommt kein Land", meinte Rita. Sie putzte sich die Nase und schaute ihren Bruder mit totunglücklichen Augen an. „Er hat die deutsche Staatsangehörigkeit und ist somit ein Ausländer. Er hat kein Anrecht auf ein Land, weißt du. Oh, Sebastian, was haben wir gemacht? Was haben wir Paskal angetan? Du hättest ihn nie und nimmer wegschicken dürfen, er ist durch und durch ein Kameruner. Warum habe ich es nur nicht verhindert?"

„Ich versteh' nicht recht, wo das Problem liegt", meinte Manelly etwas ungehalten. „Warum gibt er die deutsche Staatsangehörigkeit nicht ab und beantragt die Kameruner? Außerdem gibt es die Möglichkeit der doppelten Staatszugehörigkeit. Das kann doch nicht so schwer sein."

„Paskal hat Schulden in Deutschland, Sebastian, ich fürchte ziemlich hohe Schulden", meinte Rita ein wenig beschämt. „Er befürchtet, dass die deutschen Behörden ihn zur Kasse bitten, wenn sie von ihm erfahren. Er könnte ins Gefängnis müssen, weil er sich der Verantwortung seinen Kindern gegenüber entzogen hat. Das ist in Deutschland ein schlimmes Vergehen. Außerdem ist ihm die Wohnung in Deutschland gekündigt worden, das hat ihn sehr getroffen."

Manelly nickte. „Okay, verstehe", meinte er, „mit dem Schuldengeld wollte er sich hier, in Kamerun Land kaufen und eine Existenz aufbauen. Dein Sohn ist ein hoffnungsloser Träumer, Rita."

„Er hatte Visionen, Sebastian, und nun muss er all seine Hoffnungen und Ideen begraben. Wenn nur Karen eine andere wäre, dann hätte alles gut werden können."

Manelly horchte auf. „Was hat Karen damit zu tun?", fragte er misstrauisch.

„Karen ist keine gute Frau", meinte Rita, ihre Stimme nahm einen vorwurfsvollen Ton an. „das weißt du selbst, Sebastian. Sie hat Paskal nie geholfen oder unterstützt. Deine Tochter Karen ist faul, Sebastian."

Manelly blieb gelassen, seine Schwester war erregt, es hatte keinen Sinn mit ihr zu streiten. „Mag sein", meinte er, „dass Karen nicht die fleißigste ist, aber, das hat sie mir berichtet und das glaube ich auch, gelang es ihr die Wohnung, die Paskal besorgt hatte, zu halten, jetzt schon seit Monaten. Ihre ältere Tochter, sie heißt wohl Anna, geht in eine deutsche Schule und die Zwillinge in einen Kindergarten. Das hat sie ganz allein geschafft und zeugt nicht gerade von großer Faulheit, oder? Obendrein ist ihr ein guter Job in einem technischen Betrieb in Aussicht gestellt worden, sie wird demnächst dort arbeiten. Sie hat keinesfalls klein beigegeben, Rita, sie wollte bleiben und wird es schaffen, auch ohne Paskal. Ich muss gestehen, meine Tochter überrascht mich, Paskal hingegen enttäuscht mich sehr. Du weißt, ich habe deine Jungs immer geliebt und gefördert, als wären sie meine eigenen Söhne? Gabriel macht mir große Freude, er wird einmal mein Nachfolger sein, er hat das Zeug dazu. Er ist durchsetzungsstark, innovativ und krisenfest, alles Stärken, die einen Geschäftsmann ausmachen und deinem Sohn Paskal fehlen. Paskal ist ein hoffnungsloser Träumer."

„Hätte er eine ordentliche Frau an seiner Seite gehabt, dann hätte er es schaffen können", widersprach Rita störrisch. „Du hast ihm Karen aufgebürdet, Sebastian, das hättest du nicht tun sollen. Und dass sie ihm nicht gefolgt ist, als er heimging, ganz ehrlich, tut das eine anständige Frau?"

„Mein Gott, nein", Manelly fing an ärgerlich zu werden, „das tut sie natürlich nicht. Aber dass er ihr drei Töchter anhing, nicht einen einzigen Sohn, das hat er sich ganz allein zuzuschreiben. Dein Sohn ist ein Idiot, Rita, aber wissen die Götter und sämtliche Dämonen, ich mag ihn, er tut mir leid."

Rita schaute ihren Bruder mit erwachender Hoffnung an. „Heißt das, du willst ihm helfen?"

„Helfen? Nein, liebe Schwester, das nun wieder nicht. Ich will wenn möglich einen Mann aus ihm machen. Er wird bei mir härter arbeiten müssen, als mein niedrigster Arbeiter und auch so leben, in einer Baracke mit einem Strohsack als Nachtlager und mit karger Kost. Seinen Lohn werde ich einbehalten und seinen Gläubigern in Deutschland schicken. Von dem Geld, das er in Deutschland aufgenommenen hat, muss ja noch das meiste da sein. Trotzdem könnte es Jahre brauchen, bis seine Schulden getilgt sein werden, aber danach wird er ein freier Mann sein und hoffentlich reif genug, um neu anzufangen. Von mir aus kann er dann Biobauer werden, wenn er das durchaus will. Um Karen mache ich mir übrigens keine Sorgen, sie hatte es eine Weile sicher schwer ganz allein in Deutschland, aber nun scheint sie überm Berg zu sein, sie meistert ihr Leben erstaunlich gut. Möglich, dass ich sie nächstes Jahr besuche. Mal sehen."

Manelly ging. „Komm, Paskal", meinte er draußen im Vorbeigehen, so als wäre es ihm völlig egal, ob ihm Paskal folgte oder nicht. Als sie im Auto saßen, meinte er leichthin: „Du kannst bei mir arbeiten, Paskal, falls du willst. Bedanken kannst du dich später."

Paskal nickte, was hätte er auch sonst tun können. Er war am Ende.

Im Nachhinein

Sei gut zu dir, an jedem neuen Tag.

Bettys Freundin Elli ist eine begeisterte Vogelliebhaberin. Von ihrem Arbeitszimmer und ihrem Badezimmer aus kann sie durch große Fenster in ihre Voliere schauen und ihre Lieblinge, Kanarienvögel, Zwergpapageien, Finken, Zeisige in bunter Vielfalt, beobachten. Sie behauptet, dass die Freude, den Vögeln beim Schnäbeln, Nestbauen und Brüten zuzuschauen, -Elli befestigt zu diesem Zweck kleine Eierkartons an passenden Stellen- bei Weitem die Mühe wettmache, die eine so große Voliere beansprucht.

Wenn sie wirklich einmal ein Vogelpaar zukauft, dann nur, wenn sie sich Hals über Kopf in die Vögel verliebt. So geschehen in einem kleinen Vogelzuchtbetrieb, in dem sie gewöhnlich das Futter für ihre Vögel und so mancherlei Zubehör für ihre Voliere kauft. Es waren zwei brasilianische Gelbhals-Papageien, ein Neuzugang, wie der Verkäufer meinte, sie saßen noch in verschiedenen Käfigen. Für Elli gab es kein Halten mehr, sie musste die possierlichen Vögel kaufen, zumal ihr versichert wurde, dass sie verschiedenen Geschlechts seien, das war wichtig. Die bunten Vögel wurden in zwei getrennten Transportboxen verfrachtet, Elli bezahlte einen stolzen Preis, inklusive die gutmeinenden, aber überflüssigen Ratschlägen des Händlers, -Elli besaß mehr Vogel-Fachbücher und mehr Fachwissen, wie ein Vogelforscher nur haben konnte- und fuhr ihre kostbare Fracht mit ihrem Mini-Wagen behutsam nach Hause.

In ihrer neuen Heimat wurden die jungen Gelbhals-Papageien vorerst zum Eingewöhnen in Einzelkäfigen untergebracht. Sie hätten es nicht besser treffen können, ihr neues Zuhause war quasi eine Luxus-Residenz. Sie war groß, licht, wohltemperiert und aufs vortrefflichste mit allerlei Turn- und Klettergeräten ausgestattet. Elli hatte auch gleich passende Namen für ihre Neuzugänge, nämlich Susi und Strolch.

Der erste Versuch, die beiden zusammenzubringen, scheiterte aufs kläglichste. Sobald Elli die Türen der beiden Käfige öffnete, stürzte sich Susi auf Strolch und riss ihm, noch ehe Elli sie mit dicken Handschuhen und einem Geschirrtuch einfangen konnte, büschelweise die Federn aus und hackte auf ihn ein. Der arme Strolch saß danach völlig geschockt, zerrupft und lädiert auf seiner Stange und musste sich erst einmal erholen. Er bekam an diesem Tag mehr Leckerlies und Zuwendung, wie normalerweise, während die böse Susi mit einer Schale frischem Wasser vorlieb nehmen musste. Einen weiteren Versuch der Zusammenführung wagte Elli nicht, stattdessen brachte sie die Vögel am nächsten Tag in getrennten, mit Tüchern abgedeckten Käfigen zum ortsansässigen Tierdoktor.

Der Tierdoktor kannte Elli und ihre Vögel recht gut, er stellte fest, dass Susi höchst wahrscheinlich maskulin ist, also männlich, und zudem ordentlich aggressiv. Wie erwartet wehrte sich die maskuline Susi während der Untersuchung aufs heftigste.

„Nun, ja, Elli", meinte der Tierdoktor, nachdem die Vögel wieder in ihren Käfigen saßen, „Sie können die Vögel natürlich zum Händler zurückbringen und das Geld zurückverlangen. Andrerseits wird sich nicht leicht ein gutes Plätzchen für sie finden lassen. Zumindest die maskuline, etwas aggressive Susi könnte eine Odyssee vor sich haben. Ich fände es besser die Vögel kämen in einen Vogelpark. Den in Odenwald betreue ich, den könnte ich empfehlen. Aber das ist allein Ihre Entscheidung, Elli."

Für Elli war es keine Frage, die Vögel sollten in den Vogelpark kommen. Sie waren trotz allem ihre Vögel, sie sollten es gut haben.

Also blieben die Vögel einige Tage in der Praxis, wo sie auf Viren untersucht und Strolchs Wunden behandelt wurden.

Als es dann soweit war, bei Strolchs gerupften Stellen zeigte sich bereits ein zarter Flaum, wurden sie in den Odenwald, in einen großen Vogelpark gebracht, in verschiedenen Volieren, versteht sich. Elli und der Tierdoktor schauten gespannt zu, wie sich vor allem der maskuline, aggressive „Susi" in seiner neuen Heimat einfinden würde.

Jegliche Sorge war überflüssig, Susi flatterte sofort schnurstracks zu einem Ast und ließ sich unweit eines niedlichen, brasilianischen Gelbhals-Papageis darauf nieder. Es war wunderschön zu beobachten, wie er allmählich, man könnte sagen, behutsam an ihn heranrückte und wie beide begannen miteinander zu schnäbeln.

„Das glaub ich jetzt nicht", freute sich Elli. „Wie ist das möglich?"

„Nun", meinte der Tierdoktor lächelnd, „er hat eben die Richtige gefunden. Da werden Wüstlinge zu zärtlichen

Partnern und zwar für ein ganzes Leben. Diese Vögel bleiben einander zeitlebens treu."

Auch Strolch vergaß sein böses Erlebnis. Bald schon begann er einen niedlichen, brasilianischen Gelbhals-Papagei heftig zu umwerben. Sie erhörte ihn, wie Elli bei ihren nachfolgenden Besuchen feststellen durfte, und Strolch war bald wieder so schön, wie vor Susis Attacke.

Elli war sehr froh darüber und erzählte es ihrer besten Freundin Betty. Und Betty zog ihre Schlüsse daraus.

Ist es nicht auch bei den Menschen so? Was nicht zusammenpasst, sollte nicht erzwungener Weise zusammenbleiben. War es nicht allemal besser, auch für die Kinder, beizeiten auseinander zu gehen, ehe es zu einem Unglück kommt?

Betty nahm sich vor, Anna dies an diesem Beispiel zu erklären, wenn die Zeit dafür gekommen sein wird.

Sie brauchte ihren Vater nicht zu verurteilen, sie durfte ihn verstehen und lieben.

Für Betty und Jörg aber war und blieb er ein Schuft, der seine Kinder im Stich ließ und alle betrog, die ihm vertrauten. Für sie war das Kapitel Paskal Dominque ein für allemal erledigt.

Trilogie

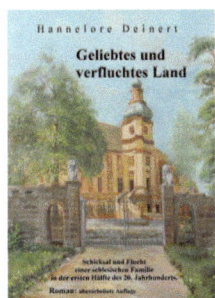  

Jugendbücher

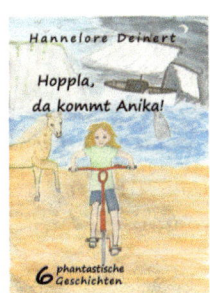  

Alle Bücher und eBooks der Autorin erhältlich im
Buchhandel,
den Verlagen oder im Internet.
Eine Auflistung der Buchtitel und eBooks
mit ISBN-Nummern finden Sie auch unter der
Web-Adresse:
http://www.hannelore-deinert.de

Hannelore Deinert ist in Kelheim an der Donau geboren und wuchs ohne Vater auf, er ist im Krieg geblieben. Nach einigen Wanderjahren und einem sehr intensiven Familien- und Berufsleben -sie betrieb in Münster bei Dieburg ein Spielwaren und Bastelgeschäft- fand sie die Zeit, ihrer Leidenschaft, dem Schreiben, nachzukommen. Sie absolvierte erfolgreich ein Literatur Fern-Studium und schreibt Romane, Kurzkrimis, Gedichte, Jugend- und Kindergeschichten. Ihr Motto ist: Pures Licht blendet auf Dauer zu sehr, zum Glück gibt es auch den Schatten